CARLO MANZONI

DER HELD VOM WASSERHAHN

Super-Thriller

WILHELM HEYNE VERLAG

MÜNCHEN

HEYNE ALLGEMEINE REIHE
Nr. 01/6243

Aus dem Italienischen von Maria Kern

3. Auflage

Genehmigte, ungekürzte Taschenbuchausgabe
Copyright © der deutschen Übersetzung 1977 by Albert Langen –
Georg Müller Verlags GmbH, München
Printed in Germany 1988
Umschlagzeichnung: Ulrich Lichthardt, München
Umschlaggestaltung: Atelier Heinrichs & Schütz, München
Gesamtherstellung: Ebner Ulm

ISBN 3-453-01777-3

INHALT

DER HELD VOM WASSERHAHN

Unwiderruflich erste Geschichte, in der ich mich vorstelle als Signor Brambilla, typischer Familienvorstand mit einer Frau, dem Sohn Ercole, der Tochter Caterina und Virginia, der Haushaltshilfe. In dieser ersten Geschichte zeichnet sich die Möglichkeit ab, bei den nächsten Olympischen Spielen eine neue Disziplin einzuführen. Jetzt höre ich wohl besser auf, sonst erzähle ich noch alles im Untertitel.

Somit habe ich mich also vorgestellt und entschuldige mich, wenn ich dies in etwas summarischer Weise getan habe. Sie werden mich schon noch besser kennenlernen. Für heute noch folgendes: Ich bin ein Durchschnittstyp mittleren Alters, mit ein paar grauen Haaren, einem kleinen, aber wirklich nur ganz kleinen Bauch. Ich gehe immer in Grau, habe zwar einen braunen Anzug, aber den trage ich nie, weil ich ihn nicht mag. Ich gehe ins Büro, genau wie Sie, komme abends heim, führe meine Familie manchmal ins Kino, langweile mich häufig vor dem Fernsehschirm usw. usw.

Wollen Sie mich noch besser kennenlernen, schauen Sie bitte in den Spiegel. Natürlich nur, wenn Sie kein millionenschwerer Waffenschieber sind oder gar ein Nordpolforscher. Aber wenn Sie auch irgendeine Position haben, ihr Gehalt zu Hause abgeben und mit der Familie geradeso durchkommen, sind Sie ungefähr so wie ich.

Wahrscheinlich wohnen Sie in einem Neubau mit sieben oder acht Etagen, haben Nachbarn, eine Hausmeisterin und, last not least, Verwandte. Und, verdammt noch mal, ein Telefon. Das ist heute so lebenswichtig wie die Fenster in der Wohnung. Die müssen da sein, sonst kann man nicht hinausschauen, man sieht nichts von der Welt, weder Licht noch Luft kommen herein – bei den Fenstern natürlich.

Sie werden ein gewisses Alter haben, und wenn ich sage, ›ein gewisses Alter‹, wissen Sie recht gut, was ich meine. Die Jahre haben nichts damit zu tun. Die Familie gehört dazu, die Position, die Verantwortung und noch ein Haufen anderer Dinge, wegen derer auch ein Fünfundzwanzigjähriger ›ein gewisses Alter‹ haben kann.

Eines ist sicher: Als ich jung war, träumte ich von allen möglichen Dingen und machte Pläne, die sich nie verwirklicht haben. Reisen, romantische Abenteuer, ferne Länder, Großwildjagden in Afrika, Kämpfe mit Rothäuten, Schiffbrüche in der Südsee, geheimnisvolle Inseln und Ritte in einsamer, von der Sonne verbrannter Prärie. Genau wie Sie, aber dann sind diese Träume in einem Möbelstück auf dem Dachboden verschwunden, als wir das famose ›Ja‹ sagten und in die Flitterwochen reisten.

Aber ist es denn wirklich wahr, daß wir auf alle Abenteuer verzichtet haben, verspießbürgert sind in einem Leben zwischen Heim und Büro, ganz ohne Gefahren und Aufregungen?

Ich sage: Nein!

Ich behaupte, man muß gar nicht den Pazifik in einer

Nußschale überqueren, um Schiffbruch zu erleiden, das kann man auch im Badezimmer haben: kann sein in warmem Wasser, aber Schiffbruch bleibt Schiffbruch, ob kalt oder warm.

Und ist es absolut notwendig, den K 22 bezwingen zu wollen, um eine schwierige Erstbesteigung zu riskieren? Man kann auch im Wohnzimmer den sechsten Grad in Angriff nehmen.

Und die Jagd auf Großwild?

Und die Forschungen im Bauch der Erde?

Und die sportlichen Höchstleistungen?

Bei allen Teufeln, unser Leben ist voller Abenteuer, und wir bemerken es nicht einmal.

Bitte schön, wie wär's mit einem Besuch bei mir zu Hause?

Treten Sie nur mit gewohnter Nonchalance ein. Kaum in der Diele, rutscht Ihnen der Boden unter den Füßen weg, und Sie landen in voller Lebensgröße auf dem glänzend gewachsten Marmorboden.

Entschuldigung. Es macht fast gar nichts. Wir haben ein Soforthilfekästchen für diese kleinen Unfälle bereit, sie kommen bei uns ziemlich häufig vor.

Ich eile Ihnen zu Hilfe und stolpere natürlich über Sie, wobei ich einen Mantel vom Garderobenständer reiße, an den ich mich instinktiv geklammert habe.

Die Hilfeschreie meiner Frau haben Ähnlichkeit mit denen eines Bauern, der Leute in seinem Kornfeld entdeckt hat.

Keine Angst: Sie hat keine Zwillingsflinte. So etwas gibt es bei mir nicht.

Überall hängen in der Wohnung diesbezügliche

Verbotstafeln herum, sonst würde meine Frau den ganzen Tag schießen.

Ich entschuldige mich noch einmal: Daß Sie überhaupt hingefallen sind, beweist, daß Sie in Ihrer Wohnung keine hochglanzpolierten Böden haben. Um auf ihnen unfallfrei gehen zu können, braucht es viel Übung und viel Geduld.

Bei mir zu Hause können es nun alle, denn wenn wir in unserem Heim von einem Punkt zum anderen wollen, müssen wir wohl gehen, denn an der Zimmerdecke kann man das leider nicht. Es ist, wie wenn man einen zugefrorenen Fluß überqueren will: Entweder man lernt Schlittschuhlaufen oder man kommt nicht hinüber. Es gäbe noch eine Möglichkeit: eine Brücke, aber Brücken gibt es in unserer Wohnung nicht, also mußten wir laufen lernen.

Ich kann mit einem gewissen Stolz behaupten, daß meine ganze Familie aus ›Meisterläufern auf hochglanzgewachsten Böden‹ besteht. Meine Tochter hat einen Meisterkursus im Kunstlaufen auf Wollappen absolviert und hat alle Aussichten, die nächste in der Schweiz stattfindende Weltmeisterschaft zu gewinnen. Mein Sohn Ercole hat sich auf den Slalom und den Schnellauf im vierzehn Meter langen Korridor spezialisiert.

Ich glaube nicht, daß es einen Konkurrenten gibt, der wie er beim Riesenslalom zwischen Möbeln, Sesseln, Stühlen, Tischchen und Stehlampen durchflitzt, ohne ein Hindernis umzustoßen oder auch nur zu berühren. Er ist ein echter Champion, und ich bin stolz auf ihn. Ein wenig auch, weil ich mein schweres

Lehramt ehrenvoll und gewissenhaft durchgeführt habe, trotz der vielen Hindernisse, unter denen als das schlimmste das Unverständnis meiner Frau gelten muß.

Ihr fehlt jede Sportbegeisterung, und sie sieht die Wettkämpfe, die in ziemlich regelmäßigen Abständen in unserer Wohnung ausgetragen werden, mit scheelen Augen an. Man weiß ja, daß jeder Sport ein gewisses Risiko mit sich bringt, deshalb ängstigt sich meine Frau wegen eventueller Unfälle, die passieren können, nicht vielleicht Ercoles, Caterinas oder Virginias wegen, nein, ihre Angst gilt den Möbeln und all dem Krimskrams, was in einer Wohnung im Wege steht.

Virginia habe ich nicht vielleicht irrtümlich erwähnt. Sie ist Mitglied der Familienmannschaft und hat ein Spezialgebiet, das Schaulaufen, wozu sie als flinke, freundliche Haushaltshilfe prädestiniert ist. Ich muß, auch hier wieder mit leichtem Stolz, gestehen, daß ihre Vorführungen, die größtenteils durch meine Ideen und Ratschläge entstanden sind, so kühn wirken, daß einem das Herz stehenbleibt, besonders das meiner Frau.

Virginia ist tatsächlich imstande, das Essen, besonders die Suppe, kunstlaufenderweise von der Küche ins Eßzimmer zu befördern, ohne einen Tropfen aus der vollen Suppenschüssel zu verschütten.

Ich sagte schon, daß wir ziemlich regelmäßig Familienwettkämpfe abhalten, aber das stimmt nicht ganz.

Abgesehen von dem täglichen, harten Training bekommen wir auch häufig Besuch von Verwandten, die sich mit meiner Familie messen möchten, aber sie haben weder die Erfahrung noch die technischen Kenntnisse, und vor allem fehlt es ihnen an unserer physischen Widerstandskraft. Vielleicht fehlt ihnen auch ein guter Lehrer, womit ich mich aber nicht selbst beweihräuchern will. Tatsache ist, daß sie unsere Disziplin nicht ernst genug nehmen. Sie trainieren nur in ihrer Freizeit, und das genügt nicht, sich zum Professional emporzuarbeiten, sie bleiben einfach im Dilettantismus stecken. Sie werden nicht einmal bei National- und Regionalwettkämpfen zugelassen, von der Weltmeisterschaft nicht zu reden. In einem der letzten Schnellaufkämpfe hat mein Sohn Ercole mit Dreizweizehntelsekunden den Korridor-Schnelligkeitsrekord gebrochen, er schlug seinen Vetter Tullio um Zweiachtzehntelsekunden.

Dabei berechnete er nicht einmal, daß Vetter Tullio nicht rechtzeitig stoppte und kopfüber in der Glastür landete, die den Salon vom Korridor trennt.

Tullio kam mit ein paar unbedeutenden Kratzern davon, aber die Tür war ein Scherbenhaufen.

Es ist eigentlich selbstverständlich, daß ein Sportler gewisse Risiken einkalkulieren muß: Eine zerbrochene Glastür muß er reparieren lassen. Nach diesem Unfall hatten wir eine sehr bewegte Sitzung, bei der verschiedene Vorschläge erwogen wurden.

Man wollte das nächste Rennen in umgekehrter Richtung fahren, aber ich widersetzte mich eisern diesem Vorschlag, weil am anderen Ende des Korridors auch eine Glastür ist, die noch dazu auf einen Balkon führt. Wenn man bedenkt, daß wir im vierten Stock wohnen, ist der Gedanke nicht von der Hand zu weisen, daß sich in diesem Fall ein Bremsdefekt fatal auswirken könnte. Wir beschlossen also, die Dinge beim alten zu lassen mit der Auflage, die Glastür zum Salon während der Rennen offenzulassen, um einer Wiederholung des Unfalls vorzubeugen.

An diesem Tag wurden die Rennen abgeblasen, doch Ercoles Rekord bleibt bestehen, er trainiert weiter und ist fest entschlossen, ihn noch zu unterbieten.

Ich finde den ›Wollappenlauf auf gewichstem Boden‹ einen großartigen Sport, beinahe noch aufregender als der gewöhnliche Eis- oder Rollschuhlauf.

Diese Disziplin müßte unbedingt in die nächste Olympiade aufgenommen werden. Ein echter Volkssport, unabhängig von Zeit und Witterung, dem auch im Ausland eine große Anhängerschaft sicher wäre. Bei der kommenden Olympiade würde meine Familie siegen, denn ich glaube kaum, daß es bis dahin schon genügend gut trainierte Läufer gibt. Später müßten wir dann allerdings dem Nachwuchs Platz machen.

Auch das Fernsehen müßte sich dieses Sports annehmen. Er ist ausgesprochen telegen und bietet ungeahnte optische Möglichkeiten.

Eine Sendung über künstlerischen Wollappenlauf mit Caterina und Virginia in ihrer originellen Schaunummer wäre ein voller Erfolg. Eine Kamera müßte die Gesichter der Zuschauer einfangen, besonders das meiner Frau, wenn Virginia in den Salon einfährt, mit einem Riesentablett, beladen mit Schnapsflaschen und Gläsern für die Gäste, wie sie das zerbrechlichste Zeug balanciert, die Enge der Stehlampe knapp meistert, dann um den Fauteuil mit der hohen Lehne herumvoltigiert und durch absichtliches Schwanken der Flaschen und Gläser den Eindruck einer unvermeidlichen Katastrophe erweckt. Die Empfindungsskala auf dem Gesicht meiner Frau in diesem Augenblick müßte in Großaufnahme festgehalten werden.

Dann käme Virigina wieder ins Bild, wie sie das Tablett auf den Tisch stellt, sich lächelnd verneigt und entschwindet, während der Applaus des Publikums aufrauscht.

Dann schwenkt die Kamera wieder auf meine Frau, die sich entspannt zurücklehnt und sich mit der Abendzeitung Kühlung zufächelt.

Diese Schau könnte meines Erachtens dem Fernsehen viele neue Freunde gewinnen.

Gutgewachste Fußböden bieten noch viele Möglichkeiten, und alle sind sie interessant.

AUF SAFARI

Ich bin gezwungen, eine Großwildjagd auf ein totes Huhn zu veranstalten, dessen Besitzer mein Nachbar ist.

Waren Sie je auf Großwildjagd in Afrika? Nein? Aber sicher haben Sie schon darüber gelesen.

Urwälder, Lianen, Affenbrotbäume, Wasserstellen, Sümpfe, Löwen, Tiger, Rhinozerosse, Schakale. Eine Schlange, die unvermutet den Kopf hebt.

Ein Haufen Zeug, an das ich mich erinnere und das meine Bubenfantasie entzündete.

Nun ja, alles, was recht ist, es wird schon stimmen, aber im Urwald können keine Teller zerbrechen, keine Fenster eingeschlagen werden, keine Kristallüster herunterfallen, keine Sesselbezüge zerreißen. Auch kein Porzellanservice und eine kostbare Ziervase, Geschenk von Onkel Gustavo, gibt es im Urwald nicht.

Sie gehen einfach auf Tigerjagd in den Urwald ohne die Angst, etwas zu zerbrechen, Sie können Wurzeln zertreten und Blüten und Früchte zerquetschen.

Kurz gesagt, Sie können sich frei und ohne irgendwelche Rücksichten bewegen. Keiner schreit, wenn Ihnen ein Malheur passiert. Sie können Ihren Tiger jagen oder sonst einen Teufel. Das übrige geht Sie nichts an. Bei mir zu Hause stehen die Dinge anders. Andere Situation, andere Umgebung, und wenn man eine Jagd veranstaltet, darf man sich keineswegs im

Urwald fühlen! Natürlich haben wir keinen Tiger in der Wohnung, aber an jenem Tag etwas weit Fürchterlicheres.

Ein totes und bereits gerupftes Huhn.

Wahrscheinlich fragen Sie jetzt: Na und? Aber warten Sie nur, bis Sie erfahren, was damals passiert ist.

Natürlich habe ich die ganze Geschichte Zug um Zug schriftlich niedergelegt und muß nun mein Tagebuch konsultieren. So ein Tagebuch ist sehr nützlich: Man kann alle Ereignisse rekonstruieren. Darum führen alle Expeditionen der Welt ein Tagebuch.

Und mein Heim ist ja schließlich ein Teil der Welt, nicht? Ich schaue nur in meinen Notizen nach und berichte dann weiter: Am Nachmittag irgendeines Wochentages bin ich im Büro und brauche gewisse Dokumente. Ich suche, finde sie nicht. Dann ein Schlag auf die Stirn: Ich habe meine Mappe zu Hause vergessen.

Ich verständige einen Kollegen, daß ich schnell nach Hause laufe. Ich laufe tatsächlich.

Ich verlasse in unserem Stockwerk den Lift und finde vor meiner Tür den Signor Spadoni, der eben bei mir läutet, und als er mich den Lift verlassen sieht entgegenkommt.

Signor Spadoni wohnt im gleichen Stockwerk wie ich, seine Wohnung grenzt an mein Schlafzimmer.

»Entschuldigen Sie bitte«, sagt er, »aber bei Ihnen ist niemand zu Hause. Sie kommen wie gerufen: Wir müssen hinein, die Katze holen.«

»Die Katze?« frage ich. »Welche Katze?«

»Unsere Katze«, sagt Signor Spadoni. »Meine Frau

hat eben ein Huhn gerupft, unsere Katze hat das Huhn gepackt, ist bei der Balkontür hinaus, über das Geländer und in Ihre Küche.«

»Mit einem ganzen Huhn?« wundere ich mich.

»Mit einem ganzen, eben geschlachteten Huhn«, bestätigt Signor Spadoni. »Man muß sie gleich fangen, ehe sie es in Stücke reißt. Die Katze ist nicht so wichtig, wenn ich ihr auch liebend gern ein paar überziehen möchte, aber das Huhn müssen wir wiederhaben, hoffentlich in passablem Zustand.«

Ich schließe auf, und wir treten ein.

»Wir müssen möglichst leise sein«, flüstere ich, »die Katze überraschen und ihr das Huhn entreißen oder wenigstens das, was noch davon übrig ist.«

»Es sind kaum zwei Minuten vergangen«, sagt Signor Spadoni, »viel kann sie noch nicht daran ruiniert haben. Hoffentlich hat sie mit dem Kopf angefangen, den mag ich sowieso nicht, und der Katze wär's egal. Der ist auch am leichtesten abzubeißen.«

»Sicher hat sie mit dem Kopf angefangen«, tröste ich ihn und gehe auf Zehenspitzen weiter.

»Wir bräuchten einen Besen oder was Ähnliches«, meint Signor Spadoni. Ein kleiner Umweg bringt uns an den Besenschrank, ich nehme einen heraus und noch eine Bürste, die ich Signor Spadoni in die Hand drücke.

So bewaffnet schleichen wir mit angehaltenem Atem der Küche zu. Keine Urwaldstimmen, kein Insektengesumme, keine hängenden Lianen. Nur das Tröpfeln des Wasserhahnes und das Ticktack der Salonuhr sind zu hören.

In einer Großstadt kann man nicht mehr verlangen.

Der Vorhang des Küchenfensters bläht sich im Wind. Von der Tür aus kann ich den ganzen Raum übersehen.

»Sie ist nicht da«, sage ich.

Alles ruhig und in vollkommener Ordnung.

»Sind Sie sicher, daß sie da hinein ist?«

»Ganz sicher«, sagt er. »Meine Frau muß noch auf dem Balkon sein.« Tatsächlich ist Frau Spadoni noch am Balkon und bestätigt, daß das Raubtier in meine Küche hinein, aber nicht mehr herausgekommen ist. Ich schließe das Fenster, und wir schleichen mit gezücktem Besen den Korridor entlang.

Plötzlich springt ein Schatten in den Salon und verschwindet.

Signor Spadoni stürzt mit seiner Bürste los, ich schrei ihm nach: »Achtung auf die Vase!«

»Welche Vase?« fragt er zurück und bleibt mit erhobener Bürste stehen.

»Gleich links im Salon«, sage ich, »eine Vase aus Glanzkeramik, sie hat 400 000 gekostet.«

»Ich ziele auf die Katze, nicht auf die Vase«, sagt Signor Spadoni, »die Vase interessiert mich nicht, ich will mein Huhn.«

»Verstehe«, sage ich, »wenn ich auch die Vase nicht gegen ein Huhn eintauschen möchte.«

»Tut mir leid«, sagt leicht sauer Signor Spadoni, »wenn Sie nicht erlauben, auf Katzenjagd zu gehen, höre ich eben auf, es ist Ihre Wohnung, und Sie sind der Hausherr.«

»Aber ich bitte Sie«, sage ich, »ich möchte Sie nur um ein wenig Vorsicht ersuchen. Hier ist sie!«

Signor Spadoni hebt die Bürste.

»Achtung auf den Lüster!« schreie ich.

Entmutigt läßt Signor Spadoni die Bürste sinken und breitet die Arme aus.

»Dann ist eben nichts zu machen«, sagt er, »gerade hätte ich sie erwischt. Entweder wir fangen die Katze oder geben auf Ihre Sachen acht.«

»Sie haben recht«, beruhige ich ihn, »so ein raffiniertes Biest, ausgerechnet zwischen den zerbrechlichen Sachen versteckt sie sich.« Das Vieh sitzt unter einer Stehlampe, hat das Huhn im Fang und faucht, die Augen, gelb wie die Scheinwerfer eines französischen Wagens, bereit zum Angriff auf uns gerichtet.

»Fort, du Biest!« schreie ich und versuche, sie mit dem Besenstiel hinter einen Fauteuil zu treiben, aber das Luder springt, und die Lampe fällt mit einem Mordskrach zu Boden. Ich werfe mich auf den Diwan, aber Signor Spadoni hat den gleichen Gedanken, wir prallen mit den Köpfen zusammen, der Diwan fällt um und reißt ein Tischchen voller Porzellannippes mit sich.

»Schließlich ist es nur logisch, daß Sie Ihre eigenen Sachen zerbrechen«, sagt der Katzenjäger Nummer 1. »Ich habe nichts damit zu tun. *Ihr* Fuß hat den Tisch umgestoßen.«

Es ist eben passiert. Ist ja auch egal. Ich werfe der Katze den Besen nach, die zur Tür hinausgewischt ist, und ihr Besitzer stürzt in den Korridor.

»Jetzt brauchen wir keine Rücksichten mehr zu nehmen«, sage ich und hebe den Besen wieder auf.

Mein Jagdgefährte steht im Korridor auf der Lauer.

»Dort ist sie hinein«, sagt er und zeigt auf die Schlafzimmertür. Leise nähern wir uns und gucken durch die halboffene Tür.

Auf der himmelblauen Bettdecke liegt das enorme Biest und haut seine Zähne mit der Gier eines halbverhungerten Wolfes in den Kopf des Huhnes.

»Sie fängt tatsächlich beim Kopf an«, konstatiere ich, »der Rest des Huhnes scheint gerettet, soweit ich das von hier aus sehen kann.« Mein Nachbar stößt einen Erleichterungsseufzer aus.

»Meine Frau will das Huhn haben«, sagt er.

»Aber, zum Donnerwetter, wann hat sie denn zuletzt gefressen?« frage ich.

»Vor zwei Stunden«, sagt Signor Spadoni. »Ihr Magen ist ein Faß ohne Boden. Wenn wir nicht eingreifen, verputzt sie das ganze Huhn mitsamt den Knochen.«

Wir arbeiten einen Angriffsplan aus, dann öffne ich vorsichtig die ganze Tür, und wir schleichen an der Wand entlang. Die Katze hebt den Kopf, ohne das Huhn auszulassen, und fixiert uns mit ihren gelben Scheinwerferaugen.

»Achtung«, sage ich, »ich werfe mich aufs Bett und versuche die Katze zu erwischen, und Sie halten sich mit der Bürste bereit . . .« Er hat verstanden, und ich lehne den Besen an die Wand, verlagere mein Gewicht auf die Zehenspitzen und setze zu einem Sprung an, den ich mir sparen kann, denn Katze und Huhn sind bereits zwischen den Beinen des Signor Spadoni durchgesaust. Mein Jagdgefährte setzt sich neben mich auf den Bettrand.

»Auch wenn sie Gefahr wittert, gibt sie ihre Beute nicht her«, sagt er deprimiert. »Jedes andere Vieh würde seine Beute zurücklassen, um die eigene Haut zu retten. Ich fürchte, diesem Rabenvieh werden wir nicht Herr. Wir werden auf das Huhn verzichten müssen.«

Ich bin jedoch nicht der Typ, vor einer Schwierigkeit zu kapitulieren.

»Man muß ihr eine Falle stellen«, sage ich. »Machen wir alle Türen, außer der in die Küche, zu, dann muß sie dort hineinflüchten, und wenn sie drinnen ist, reißen wir ihr das Huhn mit dem Besenstiel aus dem Fang.«

»Versuchen können wir's ja«, meint skeptisch Signor Spadoni.

Wir schließen also alle Türen und schauen uns in der Küche um. Dort machen wir auch das Fenster zum Balkon zu, um ihr auch diesen Fluchtweg abzuschneiden, und reißen die Küchentür auf. Wo ist jetzt die Bestie?

»Wohin kann sie sich verkrochen haben?« fragt Signor Spadoni und kratzt sich am Kopf. »Ich kenne mich in Ihrer Wohnung nicht aus.«

»Weit kann sie nicht sein«, sage ich, schaue umher und sehe auch etwas. Blutspuren vor der Zimmertür.

»Sehen Sie«, sage ich, »das Huhn blutet noch. Hier ein kleiner Streifen, dort ein paar Tropfen, und da noch einer. Wir brauchen nur diesen Spuren zu folgen und spüren die Bestie auf.«

Das tun wir auch den Korridor entlang bis zur

Badezimmertür, wo ein großer Blutfleck beweist, daß das Tier sich über seinen weiteren Fluchtweg nicht schlüssig war.

Nun gehen die Pfotenabdrücke zum Vorzimmer.

Wir kommen in die Diele und sehen das Huhn unter dem Dielenschrank herausragen und die Augen der Bestie, die uns anstarren und nichts Gutes verheißen. Ein leises Knurren zeigt uns an, daß sie unseren Angriff erwartet.

Kaum sind wir in der Diele, saust die Katze wie eine Rakete durch den Korridor in die Küche, immer das Huhn im Fang.

»Sie ist entschlossen, ihre Beute bis in den Tod zu verteidigen«, sage ich und schließe die Küchentür.

»Jetzt kann sie uns nicht mehr entkommen«, frohlockt mein Jagdgenosse.

Leise, leise schleichen wir hinein und schließen die Tür hinter uns.

Dann schlagen wir wie wild mit Besen und Bürste um uns. Wir treffen eine volle Suppenschüssel, die Deckenlampe, den Gasherd, ein Paket Spaghetti und was sonst noch in der Küche ist, außer der Katze, die, ohne das Huhn fallen zu lassen, mit verblüffender Gewandtheit unseren Schlägen ausweicht.

Endlich, als einzigem Ausweg, schlüpft das Biest in den halboffenen Geschirrschrank.

Ich schließe schnell die Türen ganz und seufze erleichtert.

»Gottlob«, frohlocke ich, »wir haben sie.«

Wir hören Klirren von zerbrechendem Geschirr, dann Stille.

Ich ziehe die Besteckschublade heraus, Signor Spadoni steckt den Arm durch die Öffnung, tastet ein wenig herum und fängt dann zu lachen an.

»Hier«, sagt er und zieht mit ziemlicher Anstrengung, man merkt, daß sie nicht loslassen will, das Huhn aus der Öffnung.

»Schaut eigentlich noch ganz gut aus«, meint er zufrieden und zeigt mir die Beute. »Der Kopf ist allerdings übel zugerichtet, aber den kann man ja wegschneiden. Eigentlich haben wir Glück gehabt.«

Ich öffne das Küchenfenster, wir gehen zur Seite, und mit einem Ruck mache ich den Geschirrschrank auf.

Wieder Lärm von zerbrechendem Geschirr, die Katze springt aus dem Schrank, ist mit einem Satz auf dem Küchenfenster und verschwindet endgültig.

Ich schließe die Schranktüren, schiebe die Schublade wieder an ihren Platz, Signor Spadoni bedankt sich, als ich ihn zur Tür begleite, dann deponiere ich die Waffen wieder im Besenschrank.

Es ist spät geworden. Ich packe meine Mappe mit den Dokumenten und sause ins Büro zurück.

Dabei genieße ich noch einmal unser eben erlebtes Abenteuer und schmunzle zufrieden vor mich hin.

Schließlich haben wir ein schlaues und gefährliches Raubtier gefangen und ein Huhn gerettet.

Man braucht also nicht auf Großwildjagd nach Afrika zu fahren. Wenn auch eine Katze zum Haustier umfunktioniert wurde, kann man immer noch ihre Urinstinkte bei der todesmutigen Verteidigung ihrer Beute bewundern oder fürchten.

Ich schmunzle zwar noch, denke aber kaum mehr an unser Katzenabenteuer, obwohl die Geschichte noch nicht zu Ende ist.

Als ich abends aus dem Büro heimkomme, werde ich von der Polizei wieder daran erinnert.

Die Fortsetzung muß ich leider bis zum nächstenmal aufschieben, denn das, was bei meiner Heimkehr auf mich zukam, will ich schon etwas ausführlicher und mit der nötigen Nervenruhe erzählen.

FAMILIEN-SUPER-THRILLER

Die Polizei schreitet ein, entdeckt Spuren, die sie aber im Geschirrschrank verliert. Ich komme zur rechten Zeit, um das Geheimnis der unauffindbaren Leiche zu lüften.

Sie werden sich an das Ende der Geschichte › Auf Safari ‹ erinnern. Sie endete, daß ich meine Wohnungstür verschloß und ins Büro zurückeilte.

Solche Abenteuer verschwinden fast immer im sogenannten Schrein des Vergessens, daher rekapituliere ich: Die Katze des Nachbarn hatte sich mit einem gestohlenen Huhn in unsere Wohnung geflüchtet. Nach einer aufregenden Jagd haben der Katzenbesitzer und ich das Huhn fast neuwertig der Katze entrissen.

Wir haben einiges angerichtet mit Besen und Bürste, das stimmt, ich war auch auf einen wenig liebevollen Empfang durch meine Frau gefaßt, was ihr niemand verdenken konnte, wenn sie beim Nachhausekommen das Teeservice in Scherben, die Nippes pulverisiert, einige umgeworfene Lampen und die Bettdecke mit Blutflecken vorfindet.

Da kann man sich, verdammt noch mal, einen ziemlichen Anpfiff erwarten.

Statt dessen finde ich einen Streifenwagen der Polizei vor unserem Haus, als ich gedankenschwer heimkomme. Ich denke mir nichts dabei, denn der Streifenwagen muß nicht unbedingt mit mir oder meiner Familie zu tun haben und schon gar nichts mit der Katzenjagd am Nachmittag.

Wahrscheinlich machen sie irgendwelche Recherchen im Haus, denn bei uns wohnen nur anständige Leute.

Ich gehe hinein, die Hausmeisterin läuft mir entgegen.

»Signor Brambilla«, schreit sie, »laufen Sie schnell hinauf . . . schnell . . .«

»Was ist los?« frage ich. »Ist was passiert? Wo?«

»Ja, ja . . . machen Sie schnell«, sagt sie, »die Polizei ist oben!«

Ich stehe da und weiß nicht, was ich denken soll.

»Die Polizei bei mir?« frage ich und nehme nicht einmal den Lift, sondern sause die Treppen hinauf, drei Stufen auf einmal.

Beim zweiten Stock reduziere ich auf zwei Stufen, beim dritten auf eine. Im vierten muß ich eine Verschnaufpause einlegen und steige dann schön langsam weiter.

In einem gewissen Alter kann man auf längere Sicht nicht drei Stufen auf einmal nehmen, entweder man bricht sich ein Bein oder ein Herzinfarkt naht. Beim vierten Stock weiß ich nicht mehr, woher die Puste nehmen, die Beine zittern.

Als ich die Wohnungstür aufsperre, mache ich sicher den Eindruck eines Irren, der sich eine Woche ohne Wasser durch die Wüste geschleppt hat und nur nach Hause kommt, um seinen letzten Schnaufer zu tun. Ich drücke die Hand auf die Brust, lasse mich auf die Vorzimmertruhe fallen und schnappe nach Luft.

Meine Frau kommt dahergerannt und wirft die Arme um meinen Hals. »Gerettet!« schreit sie. »Du bist gerettet! Aber mein Gott, in welchem Zustand du bist! Virginia, schnell ein Glas Wasser!«

Meine Kinder Ercole und Caterina erscheinen, Virginia holt aus der Küche ein Glas Wasser.

»Hast du viel Blut verloren?« fragt meine Frau, knöpft mein Hemd auf und löst die Krawatte. Alle tanzen um mich herum und wollen wissen, was passiert ist, wer es war und wieso ich fliehen konnte. Ich verstehe nichts. Ich trinke langsam das Wasser aus, und mein Puls normalisiert sich.

Meine Frau beruhigt sich sichtlich, weil sie keine offenen Wunden an mir findet.

Als ich wieder sprechen kann, frage ich, ob alle übergeschnappt sind.

Ich bin ja nur die Treppe heraufgerannt, weil ich irgendeine Katastrophe fürchtete.

»Und dir ist nichts passiert?« fragt meine Frau.

»Nichts«, sage ich, »was soll mir denn passiert sein?«

»Verstehe ich nicht«, sagt meine Frau. »Es muß doch was passiert sein. Die Polizei ist drin und nimmt Maß.«

»Maß von was?« frage ich.

»Von allem«, antwortet sie.

»Jetzt sind sie in der Küche«, sagt meine Tochter, »und man darf nicht hinein. Sie haben uns verboten, irgend etwas anzurühren, bevor sie fertig sind.«

»Kann ich endlich erfahren, was das alles soll?« frage ich.

Alle erzählen durcheinander, aber ich bremse ihren Eifer und lade sie ein, den Mund zu halten.

»Los, erzähle du«, sage ich zu meiner Frau.

»Also«, beginnt sie, »die Sache war so: Ich und Virginia sind vor einer halben Stunde heimgekommen. Ich sperre auf und merke sofort, daß etwas nicht stimmt. Ich gehe in den Salon, finde dort alles drunter und drüber, einen Haufen Scherben am Boden, zwei umgeworfene Stühle, den Tisch mit den Beinen nach oben, alles deutet auf einen heftigen Kampf hin. Ich laufe in die anderen Zimmer und rufe nach dir, weil ich glaube, du bist vielleicht zu Hause. Niemand ist da, und als ich in die Küche gehe, höre ich einen gräßlichen Schrei. Virginia ist im Schlafzimmer, das Bett ist zerwühlt und auf der Decke ein großer Blutfleck. Ich falle in Ohnmacht. Als ich zu mir komme, stehen die beiden Kinder vollkommen erschreckt um mich herum, die armen Würmer, Virginia sagt, sie hat die Polizei angerufen, weil etwas Schreckliches passiert sein muß. Die Kinder fangen zu weinen an, aber ich beherrsche mich und beruhige sie. Noch ist ja Hoffnung, weil wir deine Leiche nicht gefunden haben. Virginia und die Kinder haben überall gesucht. Wenn einer tot ist, kann er schließlich nicht weggehen.«

»Die Kidnapper konnten ihn mitgenommen haben!« Logischer Gedanke meiner Tochter.

»Und was sollten sie mit der Leiche machen?« führt Ercole ihre Theorie ad absurdum.

»Vielleicht, daß man sie nicht so schnell entdeckt«, meint Virginia, »und um die Recherchen zu verzögern. Ich weiß nicht, ich lese keine Krimis. Aber das Blut im Bett und das ganze Haus durcheinander . . .«

»Ruhe«, sagt meine Frau, »jetzt rede *ich*.«

Inzwischen habe ich mich ganz erholt. Ich binde meine Krawatte und stehe auf . . .

»Die Polizei kommt also«, fährt meine Frau fort, »zwei Polizisten, die alles wissen wollen, aber wir können ihnen nichts sagen. Wir zeigen ihnen die Blutflecke im Bett, sie kriechen in der ganzen Wohnung herum und befehlen uns, nichts zu berühren wegen der Fingerabdrücke. Sie wollten wissen, ob die Wohnungstür geschlossen oder offen war, als ich heimkam. Natürlich war sie zu. Dann, ob noch jemand einen Wohnungsschlüssel hat, und ich sagte, nur du und sonst niemand. Ich habe dann bei dir im Büro angerufen, habe aber keine Verbindung bekommen, wahrscheinlich wart ihr schon alle weg.«

»Nach einer Weile sagten die Polizisten, es sei alles klar bis auf einen Punkt«, fährt Caterina fort.

»Bis auf was für einen Punkt?« frage ich.

»Alles klar bis auf den Geschirrschrank«, ergänzt Ercole.

»Bis auf den Geschirrschrank?« wiederhole ich.

»Ja«, sagt meine Frau. »Die Polizei behauptet, das Opfer schlief auf deinem Bett, bis es den Todesstoß erhielt, wahrscheinlich mit einem Messer. Es hätte ja sein können, daß du dich nicht wohl gefühlt hast, eher aus dem Büro weg bist und dich zu Hause aufs Bett gelegt hast. Vielleicht hast du die Wohnungstür offengelassen. Jetzt wissen wir ja, daß du nicht das Opfer warst, aber bis zu deinem Heimkommen schien alles klar bis auf den Geschirrschrank. Das schwerverletzte Opfer hatte noch die Kraft, sich aus dem Schlafzimmer zu schleppen. Bis auf den Korridor konnte die Polizei die Spuren verfolgen. Der Verletzte hat sich scheinbar an die Badezimmertür geklammert, wollte wahrscheinlich hinein, ist aber dann zurück ins Vorzimmer mit der Absicht, im Stiegenhaus um Hilfe zu rufen. Man weiß nicht, warum er sich dann anders entschloß. Die Blutspuren führen zurück in die Küche, und da bis zum Geschirrschrank.«

»Die Polizei nimmt an«, fährt meine Frau fort, »daß das Opfer in den Geschirrschrank geschlüpft sein muß, das ganze Geschirr ist zerbrochen und innen ist alles voll Blut, aber das Opfer ist verschwunden. Sie sagen, der Verletzte ist gar nicht mehr aus dem Schrank heraus.«

»Andererseits«, meint mein Sohn, »ist der Schrank so klein, daß ein Mensch gar nicht hineingeht. Nicht einmal ein Kind. Auch nicht, wenn der Schrank leer wäre. Sie wollten, daß ich's versuche, aber meine Beine blieben draußen.«

»Nun«, sagt meine Frau, »im Geschirrschrank haben die Polizisten die Spur verloren. Jetzt sind sie hilflos und wissen nicht, wie sie das Problem lösen können.«

»Aber«, sagt Virginia, »einen Hinweis haben sie wenigstens gefunden.«

»Einen Hinweis?« frage ich.

»Ja«, sagt sie, »ich habe den Oberpolizisten beobachtet, wie er etwas vom Boden aufhob. Etwas ganz Kleines, aber ich konnte es nicht erkennen. Er hat es in einen Umschlag gesteckt, den er einschob.«

Ich denke an die Katze mit dem frisch geschlachteten Huhn im Maul, so wie wir sie, Signor Spadoni und ich, auf der himmelblauen Bettdecke fanden. Wie ich mit einem kühnen Satz auf sie stürzte und sie zwischen den Beinen des wachestehenden Signor Spadoni durchsauste und im Korridor verschwand. Die ganze Jagd den Blutspuren nach in die Küche, wie sich die Katze in den Geschirrschrank flüchtete und wir das Huhn aus der Schubladenöffnung herauszogen.

Ich fange wie ein Verrückter zu lachen an, und alle schauen konsterniert. Meine Frau fürchtet, daß mir die Aufregung zu Kopf gestiegen ist.

»Ja, gibt's denn so was!« stoße ich zwischen zwei Lachanfällen hervor. »Das ganze Durcheinander, die Polizei im Haus, die Nachforschungen und alles übrige wegen eines toten Huhns und einer verfressenen Katze!«

»Eine verfressene Katze«, stottert meine Frau. »Was für eine Katze?« Jetzt muß ich erzählen, und zwar von Anfang an: von der zu Hause vergessenen Mappe und wie Signor Spadoni vor unserer Wohnungstür stand, mir von dem gestohlenen Huhn und der Katze berichtete, und von unserer ganzen Großwildjagd. Mein Sohn beginnt als erster zu grinsen, dann fängt meine Tochter zu kichern an, dann Virginia.

Meine Frau hingegen wird erst blaß, dann rot. In ihrer regen Fantasie sieht sie uns beide, wie wir uns wie die Wilden in der Wohnung aufführen und mit Besen und Bürste die Nippes im Salon zerdeppern. Sie erblaßt neuerdings, als sie an die Katze mit dem blutenden Huhn auf der Bettdecke denkt.

Ich beende meine Erzählung unter allgemeiner Heiterkeit, als die beiden Polizisten auftauchen.

Sie stehen dort und schauen nicht gerade sehr freundlich.

»Nun«, sagt derjenige, der der Chef zu sein scheint, »können wir auch ein bißchen mitlachen?«

»Warum nicht«, sage ich vergnügt. Aber sofort werde ich ernst, denn die Polizei hat im allgemeinen nicht viel Sinn für Humor.

»Entschuldigen Sie«, sage ich, »es tut mir leid. Meine Frau hätte nicht die Polizei rufen sollen. Alles war nur ein dummer Zufall . . .«

»Ein dummer Zufall?« fragt der Oberpolizist.

»Ja«, sage ich, »es ist überhaupt nichts passiert. Nur die Katze unseres Nachbarn hatte ein Huhn gestohlen.«

Ich erzähle also die Geschichte noch einmal, aber je länger ich erzählte, desto weniger komisch kommt sie mir vor.

Meine Frau ist wieder ganz sie selbst und schaut beinahe so finster wie die beiden Polizisten, die zwar zuhören, sich aber scheinbar nicht gut dabei unterhalten.

»Ah, so?« kommentiert der Oberpolizist, als ich zu Ende bin.

»Wenn du zu unseren Nachbarn gegangen wärst, hättest du die ganze Geschichte erfahren«, sage ich zu meiner Frau.

Einer der Polizisten geht ins Schlafzimmer, tupft mit dem Finger auf den Blutflecken der Bettdecke und riecht daran.

Dann putzt er sich den Finger mit dem Taschentuch ab.

»Die Sache muß noch genauer untersucht werden«, sagt der Oberpolizist, »es gibt da noch einige Unklarheiten.«

Ich fange an, mir Sorgen zu machen.

»Was wollen Sie damit sagen?« frage ich.

»Na ja«, sagt der Polizist Nr. 1, »die Sache könnte auch anders gewesen sein. Sie könnten die Katze und das Huhn erfunden haben.«

»Aber ich bitte Sie«, sage ich, »Sie können ja unsere Nachbarn fragen. Wahrscheinlich haben sie das Huhn noch gar nicht gegessen.« Der Polizist zuckt die Achseln.

»Für diesmal wollen wir die Sache nicht weiter verfolgen«, sagt er, holt aus der Tasche einen Umschlag, dem er mit Daumen und Zeigefinger einen Gegenstand entnimmt, einen kleinen, weißen Gegenstand, der langsam zu Boden schwebt.

Eine winzige, weiße Feder, die nun auf dem Parkett schaukelt.

Die Polizisten verschwinden, und wir stehen da und schauen die sich schließende Tür an.

Dann preßt meine Frau die Lippen zusammen.

»Nun mach schon«, sage ich, »mach schon einen Krach.«

Sie tut es, aber diese Szene möchte ich Ihnen ersparen, denn wahrscheinlich würde ich das Ganze ins Lächerliche ziehen, und das hat sie nun wirklich nicht verdient, die Arme.

EROBERUNG DER KÜCHE

Aus lauter Freude an meinem Strohwitwertum lasse ich den Braten verbrennen und habe viel Spaß mit meinen Freunden.

Es gibt kaum etwas Undurchführbareres, als in der eigenen Wohnung eine gewisse Freiheit zu haben.

Die Wohnung irgendeines Signor Brambilla, wie ich einer bin, ist keineswegs der Platz, wo man tun kann, was man will.

Überall gibt es Verbote, nicht passierbare Stellen, Ecken und Tabugegenden.

Wenn ich heimkomme, muß ich mich vorsehen.

Den Hut darf ich nicht auf die Truhe im Vorzimmer legen und keineswegs die Handschuhe auf den Tisch werfen; ich muß mich vergewissern, ob die Wohnungstür ganz zu ist, und darf auch nicht über den frisch gewachsten Boden gehen.

Im Salon ist Sitzverbot für den blauen Fauteuil, weil sonst die Lehne abgewetzt wird. Es gibt besondere Stühle zum Draufsetzen, damit dem Teppich nichts passiert. Die mit Brillantine gebändigten Haare fetten die Spitzendeckchen auf den Fauteuils ein, frisch gewaschene Hände sind immer fettig, man soll mit ihnen keine Fingerabdrücke auf den Möbeln hinterlassen. Von der Asche auf dem Fußboden reden wir lieber gar nicht. Es gibt schließlich Aschenbecher, die aber immer eingeschlossen sind, weil sie sonst zerbrechen könnten.

Ein Mann ist zerstreut, und wo er seine Hände hintut, verbrennt er etwas. Ich habe die Gewohnheit, die Zigarette am Rand des Schreibtisches verglühen zu lassen, während ich arbeite. Meine Frau schleicht auf Zehenspitzen herbei und kontrolliert, wo ich sie deponiert habe.

Reden wir nicht von der Couch, den Schuhen, der Bettdecke und den Bügelfalten.

Nicht einmal in seinem eigenen Anzug hat der arme Signor Brambilla eine gewisse Bewegungsfreiheit.

»Immer mußt du mit übergeschlagenen Beinen dasitzen«, sagt Signora Brambilla, die bessere Hälfte des Signor Brambilla, »eben habe ich deinen Anzug aufgebügelt. Schau nur, wie er schon wieder aussieht. Mit einem frisch gebügelten Anzug wirft man sich nicht aufs Bett«, betet die Gattin ihre Litanei weiter. »Meine Arbeit wird ja nicht anerkannt. Paß doch auf, jetzt hast du dich an die Wand gelehnt, und der ganze Anzug ist hinten weiß.«

Signor Brambilla ist nirgends sein eigener Herr, weder in seinen Hosen, seiner Jacke, seinem Mantel noch in seiner eigenen Wohnung. Auf tausend Dinge soll er achtgeben und tut es nie genug. Müßte er für alle Übertretungen Strafe zahlen, wie viele Strafmandate kämen da wohl heraus?

Die Freiheit des Signor Brambilla beginnt an der Wohnungstür, aber es ist auch nur eine sehr relative Freiheit. Er muß aufpassen, in der Bar den Espresso nicht über den Anzug zu schütten oder einen Knopf seines Mantels zu verlieren, wenn er mit der Straßenbahn ins Büro fährt.

Die wahre Freiheit beginnt für mich erst, wenn meine Frau mit der ganzen Familie in Urlaub fährt, die Freiheit, nach der ich das ganze Jahr über lechze. Endlich kann man seine Aggressionen abreagieren. Man kann tun, was man will, ohne über Asche oder Bügelfalten Rechenschaft ablegen zu müssen.

Kaum ist die Familie abgereist, besetze ich die Wohnung. Ich schließe eine Allianz mit zwei Bürokollegen und unserem Nachbarn, Signor Spadoni.

Wir organisieren einen Masseneinfall in meine Wohnung. Das Feld ist frei und keine Gefahr, daß der Innenminister ein Veto einlegt.

Vor allem verschaffen wir vier uns Proviant in rauhen Mengen. Wir tun alles auf höherer Ebene und wollen endlich kochen und essen, was uns schmeckt.

Ohne jeden Gegenangriff dringen wir in die Wohnung ein, drehen den Schlüssel der Wohnungstür um und erreichen schwerbepackt die Küche. Sie war für uns immer verbotenes Terrain. Nun ist sie Sitz des Hauptquartiers. Die Kommandostelle.

Wir nehmen sie ein, ohne einen Schuß abgeben zu müssen, und besetzen Tisch, Stühle und Kredenz mit unseren Paketen, Tüten, Flaschen.

Während Signor Spadoni das Gas anzündet, suchen wir geeignete Kochgefäße für unsere Spezialitäten. Wir setzen einen Topf mit Wasser aufs Gas.

Mein Kollege Alberto deckt im Speisezimmer den Tisch genau nach meinen Angaben.

Kollege Tommaso ist zum Gemüseputzen kommandiert, Karotten, Zwiebeln und was sonst noch dazugehört. Ich befasse mich mit dem Fleisch.

Wir wollen einen exzellenten Braten machen, und Tommaso wird uns mit einer Gemüseplatte überraschen. Mein Nachbar Spadoni hat die Zubereitung der Spaghetti mit Sugo übernommen.

Dazu verlangt er vom Kollegen Tommaso ein paar Tomaten, die dieser nicht abgeben will. Wir fungieren als Schiedsrichter und stiften nach langem Hin und Her Frieden.

Als das Wasser kocht, müssen wir uns einigen, wie viele Spaghetti wir hineingeben wollen.

Signor Spadoni hat eine gewisse Erfahrung auf diesem Gebiet und versichert uns, daß Teigwaren durch das Kochen in beeindruckender Weise anschwellen. Kocht man hundert Gramm Spaghetti, werden mindestens zwei- oder dreihundert daraus, bis sie fertig sind. Wir glauben es ihm zwar nicht, beugen uns aber seinem Wissen. Spadoni wirft also ein paar Spaghetti ins Wasser und bereitet den Fleischsaft vor.

Als Chefkoch habe ich das Fleisch nach entsprechender Vorbereitung ins Rohr geschoben.

Bis jetzt, bis auf den kleinen Tomatenzwist, herrscht bei uns eine echte Entente cordiale, aber als es Zeit ist, die Spaghetti abzuseihen, beginnen die ersten Diskussionen.

Die Spaghetti reichen kaum für einen.

Tommaso macht Signor Spadoni zur Schnecke wegen des falschen Quantums, Spadoni verteidigt sich, daß sich bei ihm zu Hause die Spaghetti ganz anders benehmen. Der Tiegel wird schuld sein, daß die Spaghetti nicht richtig aufquellen.

Wir werfen die Spaghetti weg, nehmen einen Topf von kolossalen Ausmaßen, den ein paar von uns als Polentakochgeschirr identifizieren, geben Wasser hinein und setzen ihn aufs Gas. Als das Wasser kocht, schütten wir unseren ganzen Spaghettivorrat hinein. Inzwischen haben wir andere Dinge zu tun. Wir helfen dem Kollegen Alberto beim Tischdecken, räumen Scherben von ein paar heruntergefallenen Tellern weg und disponieren alles praktischer. Der Tisch schaut hübsch aus, auch die Stühle, von denen wir die Schonbezüge abgenommen haben.

Wir sind wirklich frei, weil niemand da ist, der uns etwas verbietet. Wir schmeißen die Asche auf den Boden, schon um unsere absolute Unabhängigkeit zu dokumentieren.

Als es nach Verbranntem riecht, kehren wir in die Küche zurück. Mein Braten, wie ich vermutet habe. Aus dem Rohr quillt schwärzlicher Rauch, wir müssen das Fenster aufmachen.

Wahrscheinlich, das heißt sicher, müssen wir auf den Braten verzichten, aber wir haben ja noch die Spaghetti, auf die wir leider auch verzichten müssen. Sie sind schrecklich aufgequollen, der ganze Herd ist mit ihnen bedeckt, und das Wasser kocht über. Spadoni triumphiert. Mit erhobenem Zeigefinger betrachtet er die Verwüstung.

Das Gemüse werfen wir auch weg und gehen ins Restaurant essen. Im Restaurant ißt man ohnehin viel besser als zu Hause, worüber wir sehr froh sind. Ein Glück, daß der Braten verbrannt ist und die Spaghetti übergequollen sind.

Wahrscheinlich hätten sie uns sowieso nicht geschmeckt.

Als wir heimkommen, reißen wir alle Fenster auf, um den Gasgeruch, der sich in der ganzen Wohnung ausgebreitet hat, abziehen zu lassen, und entfernen aus der Bratröhre ein schwärzliches Etwas, den Braten.

Wir haben vergessen, die Gashähne abzudrehen, aber auch das gehört zur schwer eroberten Freiheit.

Nach dem Abdecken haben wir uns ein wenig Zerstreuung verdient. Wir legen einen kleinen Poker auf. Keiner erwartet uns zu Hause, und wir können spielen, solange wir Lust haben.

Die Partie wird sehr spannend, ein Schlag folgt dem anderen.

Ich will gerade verdoppeln, als das Telefon läutet.

Ich verdopple nicht und schaue meinen Freunden zu. Das Telefon läutet weiter. Wir fragen uns, wer das sein könnte. Ich tippe auf meine Frau, die mich vom Meer anruft.

Ich nehme ab, es ist tatsächlich meine Frau. Mit einem Erleichterungsseufzer beruhige ich meine Kollegen, die weiterspielen. »Ich rufe jetzt an«, sagt meine Frau, »da weiß ich wenigstens, daß du zu Hause bist.«

»So ist es«, sage ich, »wie geht's?«

»Mir gut«, sagt sie, »und dir?«

»Ausgezeichnet«, sage ich, »alles in Ordnung.«

»Bleib brav«, sagt meine Frau.

»Tschip«, sagt Tommaso.

»Tschip«, kontert Alberto.

»Tschip«, ergänzt Signor Spadoni.

Ich fühle förmlich, wie meine Frau die Ohren spitzt.

»Ich höre immer ›tschip, tschip‹«, sagt sie. »Was ist los, sind Vögel in der Wohnung?«

»Ich höre nichts«, sage ich, »es wird in der Leitung sein.«

»Mein Einsatz ist im Eimer«, sagt Signor Spadoni.

»Was ist im Eimer?« fragt meine Frau aufgeregt.

»Wieso kommt ein Eimer in den Salon? Was soll er da?«

»Ich sehe keinen Eimer«, antworte ich.

»Ich habe deutlich gehört, daß irgendwer etwas von einem Eimer gesagt hat«, beharrt meine Frau.

»Dann hat er gelogen.«

Sie muß sofort mitbekommen haben, daß wir pokern.

Ich höre sie sehr energisch den Hörer auflegen.

Nicht im Traum wäre mit eingefallen, daß meine Frau den ersten Zug nehmen würde, um zu Hause nachzusehen, was ich während ihrer Abwesenheit getrieben habe.

Auf dem Küchentisch steht noch das Pfännchen mit dem für die Spaghetti zubereiteten Sugo, und rundherum dehnt sich das Schlachtfeld nach Beendigung eines Kampfes auf Tod und Leben.

ZWANGSARBEIT

Macht man einen, zwei oder sogar drei Fehler, muß man sie mit harter Strafe abbüßen, was beileibe nicht bedeutet, daß der Mann unter der Fuchtel der Frau steht.

Kommt die Gattin unvermutet aus dem Urlaub zurück, gibt es auf jeden Fall einen Riesenkrach, wie immer sie auch die Wohnung vorfindet. Sie sucht einen Grund zum Meckern und findet ihn auch.

Um Ihnen ein Beispiel zu geben, erzähle ich Ihnen von der Rückkehr der glücklichen Ehefrau eines Modell-ehemannes, eines Supergatten – in jeder Beziehung.

Also ehe dieser Supermann an die Bahn geht, um seine teuerste Hälfte abzuholen, überzeugt er sich noch, daß alles o. k. ist, kontrolliert die Wasserhähne, die Steckdosen, die Jalousien, ob die Blumen gegossen sind, in der Küche Teller und Töpfe an ihrem ange-stammten Platz, Schubläden und Schranktüren ge-schlossen, die Teppiche und Matratzen aufgerollt, wie sie sein Eheweib vor ihrer Abreise hinterlassen hat. Nichts, aber schon gar nichts ist in Unordnung. Der Gatte seufzt befriedigt auf und geht zum Bahnhof. Die Gattin kommt an, Umarmungen, Küßchen, wie geht's dir, mir gut, und du, mir auch, wie schlank du gewor-den bist, und so schön braun, halt die üblichen Platti-tüden. Dann ladet der Gatte sich das Gepäck auf und schleppt sich damit zum Taxi. Sie beginnt zu fragen, wie es in der Stadt aussieht, ob sich was geändert hat und ob zu Hause alles in Ordnung ist.

»Tja, wer weiß, wie ich meine Wohnung vorfinde, man kennt ja euch Männer, wenn man euch allein läßt, wie es dann ausschaut, wenn wir zurückkommen, wir können dann das ganze Durcheinander, das ihr angerichtet habt, wieder wegräumen. Ich erinnere mich, letztes Jahr stand dein Bett im Eßzimmer und was sonst noch alles.« Der Ehemann frohlockt, weil er sicher ist, daß die Gattin diesmal alles tadellos vorfindet, grinst unter seinem Schnurrbart und fühlt sich als Medaillenanwärter.

Er sperrt die Wohnungstür auf, zieht die Koffer herein, und ihr erster Blick fällt auf eine Krawatte am Garderobenständer.

»Fängt schon schlecht an«, sagt sie, »die erste Schlamperei. Ich wüßte gern, was die Krawatte auf dem Garderobenständer verloren hat. Wer weiß, wie es in den Zimmern ausschaut!«

Sie trägt die Koffer ins Schlafzimmer, schaut sich um und legt dann einen Koffer aufs Bett, macht ihn auf, das gleiche tut der Mann mit dem zweiten.

»Die Koffer packt man besser gleich aus«, meint sie, »dann denkt man nicht mehr daran. Eigentlich hätte ich jetzt gern einen guten Kaffee.«

Sie nimmt die Sachen aus dem Koffer, schmeißt sie in schönster Unordnung aufs Bett, rennt dann in die Küche, werkelt mit Gas, Töpfen und Löffeln, geht dann ins Schlafzimmer zurück und entleert auf dieselbe künstlerische Art den zweiten Koffer.

Innerhalb von zehn Minuten schaut das Zimmer wie nach einem Erdbeben aus, aber die Gattin merkt es gar nicht, weil in der Küche etwas vorgeht. Die Kaffeemaschine ist übergekocht und hat ihren Inhalt in der ganzen Küche verspritzt.

Sie brummt, geht zurück ins Schlafzimmer, rauft sich die Haare und ächzt: »Schau dir das an, in welchem Zustand die Wohnung ist bei meiner Rück-kehr. Jetzt kann ich die Ärmel aufkrempeln und schwer schuften.«

Sehen Sie, wenn schon der Gatte sein Bestes getan hat, schafft sich eben die Gattin einen Grund, ihn herunterzuputzen . . . oder etwa nicht?

Das ist nur ein Beispiel, aber mit dieser Minige-schichte hat die Rückkehr meiner Frau diesmal nichts zu tun. Will man objektiv sein, hatte meine Frau nicht so ganz unrecht, mich unfein zu behandeln. Ehrlich, der Zustand der Wohnung war wirklich nicht das Modell eines gepflegten Haushaltes.

Aber ich muß beim Anfang beginnen, wenn man alles verstehen soll. In jener Nacht haben wir bis zum Morgengrauen Poker gespielt, meine Kollegen Tom-maso und Alberto, mein Nachbar Signor Spadoni und ich. An einem gewissen Punkt überkommt einen mit Macht der Schlaf, das Zimmer ist vollgeraucht, die Schnapsflaschen sind leer, und wir beschließen, Schluß zu machen und ins Bett zu gehen.

Signor Spadoni wohnt auf meiner Etage, aber die anderen zwei haben keine Lust, nach Hause zu gehen.

Wir teilen sie unter uns auf, einer schläft bei mir, der andere bei meinem Nachbarn.

Wir sagen uns gute Nacht, dann bringe ich Tomma-so ins Schlafzimmer, sage ihm, er soll sich's bequem machen, und gebe ihm einen Pyjama. Ich richte mir ein

Bett auf der Couch im Eßzimmer. Ich habe vielleicht drei Stunden geschlafen, als ich die Türglocke läuten höre. In halbwachem Zustand schleppe ich mich zur Tür und überlege, wer, zum Teufel, das sein könne.

Wahrscheinlich der Milchmann. Denke ich.

»Stell die Flasche hin«, rufe ich, damit er mich hört, drehe dann um in Richtung Bett.

»Was für eine Flasche?« höre ich eine Frauenstimme.

»Na, die Milchflasche, was denn sonst?«

»Mach endlich auf, du Idiot«, sagt die Frauenstimme.

Ich stehe da und frage: »Wer ist denn da?«

»Na, wer schon?« antwortet die Frauenstimme. »Deine Frau.«

Es scheint tatsächlich die Stimme meiner Frau. Der Schlaf ist mir so vollständig vergangen, daß ich mich nicht erinnere, je so wach gewesen zu sein.

»Verdammt!« sage ich. »Wie kommst denn du da her?«

Ich mache die Tür auf, und sie stürzt wie eine Furie herein, schaut sich um und mich dann mit einem Blick an, der nichts Gutes verheißt.

Dann dreht sie um und segelt in die Küche, stößt einen Schrei aus, verläßt die Küche in Richtung Schlafzimmer und bleibt dann unter der Tür wie die berühmte Salzsäule stehen.

Ich schaue über ihre Schulter und sehe durch die halboffene Tür, daß meine Frau ein Paar Füße betrachtet, die aus meinen Pyjamahosen hervorschauen.

»Dies«, beeile ich mich zu erklären, eh ihr ein

häßlicher Gedanke durch das Hirn eilen kann, »sind Männerfüße.«

Ich merke, daß sie sich entspannt, aber nicht sehr, ein Zeichen, daß der häßliche Gedanke doch durch ihr Hirn geeilt war.

»Du kannst ja nachkontrollieren«, sage ich, »das ist Tommaso, mein Bürokollege, der hier schläft, weil er seinen Hausschlüssel vergessen hat.«

Sie geht ins Zimmer, zum Bett und scheint sehr erleichtert, als sie den Schnurrbart und die Glatze von Signor Tommaso erblickt, der schnarcht wie ein Tankwagen bei einer Steigung.

»Weck ihn auf und schmeiß ihn hinaus«, sagt sie, geht aus dem Zimmer und türenschmeißend durch die ganze Wohnung.

Ich wecke also Signor Tommaso, der schrecklich kämpfen muß mit seinen verklebten Augenlidern. Als ich ihn dann ins Bild gesetzt habe, bekommt er einen Anfall von Veitstanz, wirft sich in seine Kleider, zieht die Jacke vor dem Hemd an, die Hosen verkehrt herum. Ich bemühe mich, ihn zu beruhigen und ihn einigermaßen präsentabel herzurichten.

Er hätte gern einen geheimen Ausgang, um meiner Frau nicht begegnen zu müssen, aber in unserem trauten Heim gibt's leider keinen. Außer, er läßt sich mit einem Seil oder zusammengeknüpften Leintüchern vom vierten Stock hinunter. Das hätte auch keinen Sinn, seine Anwesenheit im Haus ist ja nun bekannt, und es wäre nicht die beste Lösung, sich so formlos aus dem Staub zu machen. Besser, die Situation mit Nonchalance zu meistern.

Er nimmt seine ganze Courage zusammen, folgt mir in den Salon, setzt ein bezauberndes Lächeln auf, das auch die härteste Gangsterbraut weichmachen würde, hüstelt, stottert.

Dann eilt er zur Tür, stolpert die Treppen hinunter, nicht einmal an den Lift denkt er mehr.

Nun nimmt der Prozeß seinen Anfang mit Recherchen, Anklagen und allem, was so dazugehört.

Wir kommen nun zum hochdramatischen Teil dieses Abenteuers, und allein beim Drandenken stellen sich mir die Haare auf. Glauben Sie aber ja nicht, daß ich ein Schwächling bin. Bei mir zu Hause gebe immer ich den Ton an, natürlich mit Genehmigung meiner Frau, aber wenn ein Typ wie ich im Unrecht ist, muß er einfach den Kopf beugen. Da wird nicht mit der Faust auf den Tisch gehauen. Jeder muß sein Unrecht einsehen, und das tue ich, deshalb unterschlage ich in der Anklage alles, die ganze Liste meiner Missetaten und die meiner mitangeklagten Freunde.

Den Schluß kann ich nicht gut unterschlagen, den der Verurteilung zur Zwangsarbeit.

Glücklicherweise benützt man bei mir zu Hause weder Ketten noch Eisenkugeln am Bein, das ist ein Trost, aber trotzdem sind die Zwangsarbeiten hart und schwer. Tatsache, daß ich morgens um acht von meiner Frau an meinen Arbeitsplatz getrieben werde, wohl so in der Art wie auf der französischen Guayanainsel, wo einmal ein Zuchthaus war, oder so ähnlich. Als ich 12 oder 13 war, las ich grauenvolle Erzählungen von diesen Zwangsarbeitern, die zu fliehen versuchten, und bekam eine Gänsehaut. Ich sehe mich auf dieser

Insel, die bei mir zu Hause durch die Küche ersetzt ist. Und dort, mit aufgekrempelten Pyjamaärmeln, muß ich alles putzen und waschen, was putz- und waschbar ist. Durch das Fenster sehe ich ein Dreieck blauen Himmels, die in Freiheit fliegenden Schwalben.

Ich studiere einen Fluchtplan. Entweder einen Tunnel graben, um nach ein paar Jahren unter den Bäumen der Straße, die an unserem Haus vorbeiführt, herauszukommen, oder mühsam die langen Stunden von Arbeiten, an die ich nicht gewöhnt bin, hinter mich zu bringen.

Signor Spadoni ruft mich aus einem Fenster an. Ich zeige mich und mache ihm geheimnisvolle Zeichen. Ich signalisiere ihm die Anwesenheit meiner Frau, gebe ihm zu verstehen, daß sie im Haus herumwandert und aufpaßt. Sie überwacht meine Arbeit, komme hier und da zu einer Kontrolle, korrigiert mich, wenn ich etwas falsch mache. Signor Spadoni wirft mir eine Zigarette herüber, und ich rauche sie heimlich.

Sind die Arbeiten in der Küche gemacht, kommen die anderen Räume dran. Putzen, abstauben, einräumen, wachsen. Was für ein Haufen Arbeit in so einem Haus! Als ich ins Bad soll, mache ich ein Gnadengesuch, aber es wird abgelehnt. Wenn ich mich gut führe, kann ich höchstens eine Strafminderung erreichen, also arbeite ich mit größter Sorgfalt.

Hoffentlich kommt vor dem Schlafzimmerputz eine Amnestie heraus. Aber meine Straflage verschlechtert sich abrupt.

Meine Frau hat die Terrasse inspiziert, auf der die Blumentöpfe stehen.

Bevor sie wegfuhr, hat sie mir besonders ans Herz gelegt, sie jeden Abend zu gießen. Leider habe ich dieses Gebot nur am ersten Abend befolgt und es dann vollkommen vergessen.

Der Zustand der armen Pflanzen muß katastrophal gewesen sein, und ich kann die Reaktion meiner Frau verstehen.

Das ist wohl das größte Verbrechen eines Ehemannes, der allein in der Stadt zurückbleibt und die unschuldigen Geranien sterben läßt.

Meine Frau zeigt mir ihren Tod an, und meine Unschuldsbeteuerungen machen nicht den geringsten Effekt.

Ich behaupte, daß ich sie nicht vorsätzlich habe sterben lassen, es war nicht Absicht.

Sie sind nur gestorben, weil ich vergessen habe, sie zu gießen.

Aber kein Argument kann sie überzeugen, ich bin schuldig und kann auf keinerlei Straferleichterung hoffen.

So mache ich weiter mit meinen Zwangsarbeiten, und endlich, am späten Abend, hat mich die Freiheit wieder.

Ich bin wieder der Familienvater, der kommt und geht.

Meine Strafe habe ich weg, der Normalzustand ist zurückgekehrt.

Das soll mir eine Lehre sein. Meine Frau kann ruhig in Urlaub fahren, ich weiß, was ich zu tun habe: Bei ihrer Rückkehr wird sie alles in vorbildlicher Ordnung vorfinden.

Morgen spielen wir bei Signor Spadoni Poker. Vielleicht kann ich ihm dann am nächsten Morgen eine Zigarette hinüberwerfen . . .

EIN 007-THRILLER

Es wird der Beweis erbracht, daß ein zum Hausarrest verurteilter Knabe ohne Kontakt mit der Außenwelt die allerletzten Fußballergebnisse erfährt.

Es ist leider wahr, daß mein Sohn Ercole eher schwach ist in Mathematik. Nicht nur in der Schule, auch bei allen Verwandten und Bekannten ist man sofort orientiert über die kleinste Verschlechterung der Noten, schriftlich oder mündlich. Die Verwandten erzählen dann, daß Opa Filossero eine Leuchte war in diesem Fach und ohne Papier und Bleistift alles im Kopf errechnete. Die Mathematik liegt der Familie im Blut seit Generationen, aber nun hat sie sich scheinbar in sich selbst aufgelöst.

Daher hat der bisher letzte seines Stammes keinerlei Sympathie für Zahlen. Was heißt keine Sympathie, er haßt sie ehrlich. Sie wollen einfach nicht in seinen Kopf. Er hätte alle Zahlen von der Zwei aufwärts abgeschafft. Nur die Null, die Eins und die Zwei hätte er mittels Dekret zu den einzigen Zahlen der Weltgeschichte erklärt. Weil diese drei Zahlen für einen Mann, der jede Woche im Toto spielt, lebenswichtig sind.

Jedenfalls mit der Mathe war nichts zu machen. Nach meiner unmaßgeblichen Meinung ist das nicht so schlimm. Vielleicht schon, aber nur bis zu einem gewissen Punkt. Ich will damit sagen, daß man nicht unbedingt jemandem, nur um weiterzuleben, die Mathematik in den Kopf hämmern muß.

Man kann auch ohne Mathematik Erfolg haben im Leben. Es gab und gibt eine Menge echter Genies, die außerstande sind, eine Zahlenkolonne richtig zu addieren.

Aber wenn ich zu Hause so etwas äußere, werde ich behandelt wie ein Anarchist. Alle überschreien mich, und wenn Verwandte zugegen sind wie z. B. Onkel Gustavo und Tante Flaminia, werde ich als Defaitist gebrandmarkt, als schwarzes Schaf der Familie. Der einzige, der mich versteht, ist natürlich mein Sohn, aber er wird sofort aus dem Zimmer geschickt, wenn ich ihm nur ganz leise recht oder nicht ganz unrecht gebe.

Mit Nachhilfestunden und Nachtstudium hat es mein armer Sohn zu einer Drei in Mathematik gebracht.

Für mich ist das, wenn man bei Null beginnt, ein ganz netter Fortschritt, für die anderen nicht. Der Dreier scheint ihnen schlechter als die Null. Bringt er eines Tages einen Vierer heim, zeigt sich vielleicht ein lichter Schein am Horizont.

Durch diese unqualifizierbare Haltung meinerseits darf ich mich nicht um die Hausaufgaben meines Sohnes kümmern, vor allem nicht um Mathematik. Es wurde ein striktes Verbot erlassen, und meine Autorität ist auf diesem Gebiet nicht vorhanden. Auch weil ich, wie man sagt, keine habe. Ich bin zu großzügig, und wenn ich sein Studium überwachen würde, sänke er in Kürze auf den Nullpunkt, und damit wären die ganzen, mühsam erworbenen Resultate im Eimer.

So muß der arme Teufel, weil er am Dienstag Mathestunde hat, den ganzen Sonntagnachmittag büffeln.

Da ist nichts zu machen, kein Appell ist möglich an den Bürgermeister oder die Regierung: Sonntagnachmittag gehört der Mathematik. Erst wenn alles bis zum letzten i-Tüpfelchen fertig ist, auch das Mündliche tadellos sitzt, darf er sich dem Fußball widmen.

Das ist eine der schlimmsten Strafen, die man sich für einen Jungen ausdenken kann, und das müßte ihn eigentlich dazu bringen, in der Schule besser aufzupassen.

Aber wenn die Zahlen nicht in den Kopf hinein wollen, geht eben gar nichts.

Am Sonntagnachmittag geht Ercole also in sein Zimmer, schließt zu, und jeder Kontakt mit der Außenwelt ist unterbunden. Um sechs kommt er heraus, das Papier und den Kopf voller Zahlen, runden und quadratischen Wurzeln, Logarithmen usw.

Aber ein Mysterium bleibt unergründet.

Er weiß, wenn er herauskommt, die ganzen Fußballergebnisse mit allen Toren, welche Mannschaft gewonnen hat und mit wieviel Punkten. Diese Tatsache beunruhigt seine Mutter gewaltig. Wir hielten einen kleinen Familienrat ab, natürlich ohne Ercole, und versuchten, das Geheimnis zu lüften. Um bei der Wahrheit zu bleiben, mich interessierte das wenig, und ich stellte die absurde Hypothese auf, daß Ercole sich durch die vorherigen Ergebnisse die neuen errechnete.

Aber meine Idee wurde durch die logische Behauptung widerlegt, daß er bei dieser Gabe schon längst im

Toto hätte gewinnen müssen. Bis jetzt war er jedoch nie auf mehr als sieben richtige Spiele gekommen, außer einmal auf acht, was bis jetzt sein Rekord ist. Bevor er sich einschloß, konnte er nichts erfahren haben, da noch gar kein Spiel lief.

Sein Fenster geht auf eine breite Allee, gegenüber steht ein Neubau. Wir recherchierten, ich nur ungern, meine Frau eifrigst. Das Radio konnte man von seinem Zimmer aus nicht hören. Es stand im Salon auf Zimmerlautstärke eingestellt.

Das Radio von nebenan hört man nur in unserem Schlafzimmer. Von seinem Fenster aus könnte er höchstens Zeichen durch die Verschalung des Neubaues oder von der Straßenecke empfangen. Meine Frau schickt also ihre Detektive zur Überwachung der Allee aus.

Abends berichten sie, daß sie keine verdächtige Person bemerkt haben. Ercole hat sich nicht einmal am Fenster gezeigt.

Nichts.

Trotzdem wußte er auch an diesem Abend alle Ergebnisse und Zahlen. Sogar wann das Tor für MILANO gefallen war.

Und er war in seinem Zimmer eingeschlossen, und seine Tür hatte sich nicht für einen Augenblick geöffnet.

Ich muß anerkennen, daß dieser Informationsdienst großartig funktionierte. Im Grunde war ich recht zufrieden, ein hoher Intelligenzgrad zeigt sich an, auch wenn die Mathematik nicht in seinen Kopf will, aber um uns an der Nase herumzuführen, ist er richtig genial. Diesen Sonntag wurde er zu einer Einvernahme zu seiner Mutter befohlen, aber er verweigerte jede Auskunft, so daß seine Mutter die Überwachung verstärkte.

Vom Salon aus, wo sie strickend saß, konnte sie seine Tür sehen. Sie kontrollierte die Abstellkammer, horchte nach Stimmen von außen und informierte sich, ob unser Nachbar von oben im Haus war. (Er hätte die Resultate durch Klopfzeichen übermitteln können, aber die Leute sind fast nie da.) So bezog sie also ihren Wachtposten und ließ die Tür nicht einen Moment aus den Augen. Als er abends herauskam, meinte er: »Ich hätte nie geglaubt, daß FIORENTINA JUVENTUS schlagen würde.« Und er begann eine lange Diskussion darüber mit seiner Schwester.

Meine Frau traf beinahe der Schlag. Sie versicherte, daß die Tür den ganzen Nachmittag geschlossen war. Sie hatte auch gelauscht und gehört, wie Ercole sich selbst ausgefragt hatte. Alles deutete auf ein intensives Mathestudium hin, und doch kannte er auch dieses Mal alle Fußballergebnisse.

Die Recherchen waren auf die ganze Familie ausgedehnt, und wenn Komplizen existierten, waren sie oberschlau.

Und Komplizen gab es, wie ich am folgenden Sonntag endlich entdeckte. Während meine Frau wieder Wache im Salon bezog, ging ich harmlos von Zimmer zu Zimmer, hellwach, um auch nicht das kleinste Indiz zu übersehen.

So entdeckte ich, als ich die Abstellkammer mit der Ausrede betrat, eine Zange zu brauchen, wie meine

Tochter im Bad verschwand, dessen eine Wand an Ercoles Zimmer stößt. Ich nahm an, daß sie ihren Bruder durch Klopfzeichen verständigte, hörte aber weder Stimmen noch Klopfen.

Nur die Wasserspülung funktionierte zweimal, dann wurde die Dusche aufgedreht und blieb lange in Betrieb. Dann schloß sie die Dusche und drehte die Hähne der Badewanne auf und zu. Dann noch die vom Waschbecken.

Caterina kam harmlos lächelnd aus dem Bad, und als wir uns im Korridor trafen, verbarg ich ebenso geschickt mit einem Lächeln, daß ich ihren Trick durchschaut hatte.

Caterina setzte sich, um Radio zu hören. Nach einer halben Stunde ging sie in die Küche und gleich darauf wieder ins Bad. Ich hörte sie dreimal den Hahn des Waschbeckens öffnen und schließen. Dann einmal Wasserspülung.

Danach hörte ich aus Ercoles Zimmer einen Jubelschrei, und mir war, als würden Bücher und Hefte gegen Möbel und Wände geschleudert.

Ercole dokumentierte seine Freude über die Wasserspülung.

Ich informierte mich: MILANO hatte das Siegestor geschafft, und Ercole war ein MILANO-Fan.

An diesem Abend kam er strahlend aus seinem Zimmer. Meine Frau dachte, das Strahlen käme von seinen tadellos gemachten Aufgaben, dabei war nur die Wasserspülung der Grund. Seine Mannschaft hatte gesiegt.

Ich behielt meine Entdeckung für mich. Meine Frau

überwacht immer noch sein Zimmer, und sein Wissen um die Fußballergebnisse bleibt für sie nach wie vor das große Geheimnis. Aber eines Sonntags wollte ich auch meinen Spaß haben. Ich ging ins Bad, drückte auf die Wasserspülung, machte die Dusche auf und auch die Hähne vom Waschbecken, viele, viele Male.

An diesem Abend war der arme Bursche völlig falsch informiert über die Spielergebnisse.

Ich habe das aber nur dieses eine Mal gemacht und dann nie mehr.

FLUCHT AUS DEM KNAST

Hier erfährt man, wie ich wegen Hausputz als Gefangener im Bad ende und von der Flucht mit einigen Komplizen träume . . .

Schauen Sie sich einmal in einer großen Stadt um, in Mailand zum Beispiel, was da so alles passiert. Alle Augenblicke reißen sie die Straßen auf und zwingen uns, mittels Aufstellen von Schildern, einen anderen Weg zu gehen. Ganze Menschentrauben stehen herum und schauen dem Kran zu, wie er den Boden aushebt, die Arbeiter neue Rohre legen oder Schienen und die alten wegräumen. Dann beginnt man mit dem Tunnel für die U-Bahn, weswegen sie die Straßenbahnlinien verlegen, der Verkehr wird chaotisch, und ein unbeschreibliches Tohuwabohu entsteht.

Bei mir zu Hause gibt es keine Tram, auch keinen übermäßigen Verkehr, man gräbt auch keinen Tunnel für die U-Bahn, aber jeden Sonntag geht es ähnlich zu wie in Großstadtstraßen.

Der einzige Vorteil ist vielleicht, daß sich keine große Menschenmenge zum Zuschauen zusammenfindet, auch einen Kran haben wir nicht.

Aber sonst besteht kein Unterschied. Ein armer Mensch, der jeden Morgen um sieben aufstehen muß, um rechtzeitig im Büro zu sein, geht am Abend glücklich ins Bett, im Vorgenuß der zwei Stunden, die er am nächsten Morgen länger im Bett bleiben kann.

Nein, meine Herren und Damen.

57

Die Arbeiten beginnen wie in den Straßen der Stadt, und die Familie ballt sich an gewissen, vorher genau bestimmten Punkten zusammen. Ich bin noch im tiefsten Schlaf, als mich ein teuflischer Radau weckt. Kein großer Unterschied zu dem Krach von Kran und Preßluftbohrern zusammen.

Ich drehe mich seufzend um, aber schon weht meine Frau ins Zimmer und reißt die Fenster auf.

Es geht los.

Meine Frau befiehlt mir aufzustehen, ich mache ein Gesuch um Verlängerung.

Natürlich mündlich, aber korrekter wäre es schriftlich auf Stempelbogen.

Mündlich erreiche ich gar nichts.

Das Verlängerungsgesuch ist abgelehnt, und ich muß aus dem Bett. Mit schlafverklebten Augen krieche ich heraus, packe ein Leintuch, um meine Blößen einigermaßen zu bedecken, und mache mich auf die Suche nach einer Zuflucht.

Ich will es in den Zimmern der Kinder versuchen, und schon als ich noch halb in unserem Schlafzimmer stehe, beginnt die Demolierung der Ehebetten.

Die Matratzen lehnt man an die Wand, die Metalleinsätze an den Schrank, die Stühle und Sessel in eine Ecke.

Der Kristallüster wird abmontiert und in die Küche geschafft, voraus schreitet, als Stafette, meine Tochter Caterina.

Sie können sich sicher eine Motorradkolonne vorstellen, die bei besonderen Anlässen einer Prominenz vorausfährt?!

Das ist die Funktion meiner Tochter, die jedes eventuelle Hindernis beim Transport beiseite schaffen muß.

Barrikaden werden errichtet, Gestelle hindern den Durchgang, auf denen Plakate hängen: ›Durchgang verboten!‹

Ich bin noch so verschlafen, daß ich alles nur durch schlafverklebte Lider wahrnehme.

Überall fieberhafte Tätigkeit.

Im Zimmer meines Sohnes sind die Arbeiten schon fortgeschritten. Nicht einmal der Schatten eines Bettes ist zu sehen. Im Salon sind die Sessel aufeinandergestellt und die Teppiche aufgerollt. Das Eßzimmer sieht wie nach einem Erdbeben aus.

Überall liegt alles mögliche herum. Man muß sehr aufpassen, wo man hintritt, Tische umgehen, Möbel und sonstiges, man muß unter Leitern durchkriechen, Brücken überqueren.

Unter dem Oberbefehl meiner Frau schreiten die Arbeiten rüstig fort. Regimenter von Arbeiterinnen räumen fort, ruinieren scheinbar alles, putzen, waschen, stauben ab und machen einen Höllenlärm. Ich überlege, wo meine Frau alle diese Hilfskräfte aufgetrieben hat, merke aber dann, daß es sich nur um Virginia, meine Frau und meine Tochter handelt, zusätzlich Tante Flaminia, die wie eine Hundertschaft herumwirtschaften.

Um ins Schlafzimmer zu gelangen, kann man nicht mehr durch den Korridor wie in normalen Zeiten, sondern muß einen Umweg machen durch den Salon zum Vorzimmer, um dann durch einen engen Gang und durch das Mädchenzimmer endlich in der Küche zu landen.

Der Verkehr ist umgeleitet, auch wenn, wegen Mangel an Passanten, keine Gefahr eines Staus besteht.

Zurück muß man wieder anders gehen, weil sich jede halbe Stunde alles ändert. Der Möglichkeiten sind viele, aber alle mit den verschiedensten, unvorhergesehenen Hindernissen garniert.

Was tun sie nur?

Ist das ein Besen oder eine Lawine? Ein Teppichklopfer oder ein Eispickel?

So, halbtot vor Schlaf, kann ich kaum etwas realisieren.

Man gräbt Löcher, reißt das Trottoir auf, haut mit einer Hacke ins Gestein . . . Über einem Haufen aufgeschichteter Stühle taucht der Kopf meiner Tochter Caterina auf.

Kniet sie oder steht sie in einem aufgeschütteten Graben?

Sie sind also schon in der Etage unter uns angekommen.

Ich orientiere mich zwischen einem Haufen Geröll.

Meine Anwesenheit scheint die Situation sehr zu komplizieren.

»Verschwinde! Paß auf, wo du hintrittst, siehst du nicht, daß wir arbeiten? Laß uns in Ruhe!«

Mit einem nackten Fuß gerate ich in eine offene Wachsbüchse und erreiche gerade noch das Bad, ehe ein Matratzenturm hinter mir einfällt . . .

Endlich bin ich ziemlich wach, und ein Bad könnte meinen Zustand nur verbessern.

Die Wanne ist voller Wäsche, und ich halte es für klüger, erst noch diese Arbeit abzuwarten, damit die Ruhe wenigstens einigermaßen wiederhergestellt ist.

Mit einer ganzen Rolle Klosettpapier versuche ich das Wachs von meinem Fuß wegzukriegen und wasche dann mit Wasser und Seife nach. Erfolglos, der Fuß wird immer glitschiger, ich muß es später mit etwas Geeigneterem probieren.

Der Krach wird immer größer, es ist kalt. Ich bin immer noch im Pyjama, wie immer in einem gestreiften.

Ich möchte aus dem Bad heraus. Was tut einer, wenn er in normalen Zeiten das Bad verlassen will? Er macht die Tür auf und geht hinaus. Das möchte ich auch, befinde mich aber beim Öffnen der Tür vor einer hölzernen Wand. Sie haben einen Schrank vor die Badezimmertür gerückt.

Ich bin gefangen.

Ich haue mit der Faust gegen das Holz, die Rückwand des Schrankes. Ich schreie, sie hören mich nicht.

Einen Notausgang gibt es nicht.

Ich mache das kleine Fenster auf, ich könnte mich zum Hof hinunterhangeln und über die Treppe zurückgehen.

Was tun Gefangene, wenn sie ausbrechen wollen?

Die Wanne ist voll mit Leintüchern zum Waschen. Ich nehme eines, zerreiße es, mache drei oder vier Streifen, die ich aneinanderbinde. Ein Ende knüpfe ich an das Wasserrohr, das übrige werfe ich zum Fenster hinaus. Ich steige auf das Fensterbrett.

In meinem gestreiften Pyjama wirke ich wie ein echter Ausbrecher. Ich lasse mich in den Hof hinunter.

Aus anderen Badezimmerfenstern brechen andere Gefangene aus. Ich zähle: drei, vier, zehn.

Alle männlichen Hauseinwohner versuchen die Flucht aus dem Badezimmer.

Wir treffen uns im Hof und machen einen Plan, wie wir in die Freiheit gelangen können.

Das Haustor ist bewacht. Die Hausmeisterin steht da mit einem Besen. Man muß sie unschädlich machen, fesseln, knebeln.

Wir warten den günstigsten Moment ab und überqueren dann den Hof im Gänsemarsch. Verdammt, sie schießen aus den Fenstern!

Sie schießen mit Teppichklopfern, aber ihre Geschosse erreichen uns nicht. Wir flüchten unter ein Vordach. Unverletzt.

Da ist Tony, der Kidnapper, Buchhalter vom zweiten Stock, verurteilt wegen Raub des falschen Gebisses seiner Schwiegermutter.

Mike Giant, der Advokat Michele vom fünften Stock, verurteilt zu drei Jahren kochendheißer Suppe, wegen Suppenmord, die er, weil versalzen, zum Fenster hinauswarf.

Da ist auch Gus der Harte, der Bankkassierer vom Signor Gastone, verurteilt zu fahnengrüner Zwangsjacke, weil er seiner Frau einen Pelz kaufte und ihn wieder verscherbelte mit zehntausend Lire Profit.

Dann Don Pik-As, der Geschäftsreisende Signor Donato vom vierten Stock, zu zehn Rock-and-Roll-

Platten täglich verurteilt, weil er sich beim Pokern mit Freunden erwischen ließ.

Alles Leute, zum Äußersten entschlossen.

Die Teppichklopfer schossen weiter aus allen Stockwerken, aber Mike übernahm es, die Hausmeisterin unschädlich zu machen.

Endlich in der Freiheit.

Alle haben wir eine eiserne Kugel am Fußgelenk, mit einer Kette befestigt, und können uns nur mühsam fortbewegen.

Ab und zu ruhen wir aus, aber die Angst vor unseren Frauen, die unsere Flucht bemerkt haben, beflügelt unsere Schritte.

Die Kugel am Bein wird immer schwerer.

Wir helfen uns gegenseitig, aber unsere Kräfte erlahmen.

Wir werden die Straßenecke kaum erreichen. Schon kommt uns das Gattinnenheer aus dem Tor nachgerannt.

Die Eisenkugel macht mich bewegungsunfähig. Ich ziehe mit aller Kraft. Ich reiße mich los. Der Knöchel tut mir weh.

Ich werde wach.

Ich war in der Badewanne auf den zur Wäsche vorbereiteten Leintüchern eingeschlafen. Die Kette vom Ablaufstöpsel hatte sich mir um den Knöchel gewunden, und der Stöpsel saß fest in seinem Loch. Die Flucht war nur ein Traum. Ich sitze noch immer im Badezimmer fest. Ich mache meinen Fuß los und hinke zur Tür. Immer noch steht der Schrank da, und ich kann nicht hinaus.

Ich klopfe, rufe.

Der Lärm hörte auf, und eine Stimme fragt, was los ist.

»Macht mir auf!« schreie ich.

»Kann man erfahren, warum du dich ausgerechnet in den Schrank eingeschlossen hast?« schreit meine Frau zurück, und ich höre, wie sie den Schrank aufmacht und unter den Kleidern herumsucht.

»Ich bin nicht im Schrank«, rufe ich, »ich bin dahinter, ihr habt den Schrank vor die Badezimmertür gestellt.«

Sie verrutschen den Schrank und lassen mir ein kleines Loch zum Herauskriechen.

»Könntest du uns nicht in Ruhe lassen beim Saubermachen?« brummt meine Frau und beginnt sofort wieder mit Schlagen, Putzen, Waschen. Die Fenster sind alle offen, und ich bin im Pyjama.

Wo sind meine Kleider? Ich werde mich wohl, zum Donnerwetter, noch anziehen dürfen!

Ich übersteige einen Berg von Zeug, um an die Schubladen zu kommen. Man kann sie nicht aufmachen, die Tischplatte ist dagegengelehnt.

Eine Schaufel bräuchte man und einen Eispickel, um etwas zu finden. Ich verrücke einige Stühle, einen Diwan, mache eine Schublade ein kleines bißchen auf, gerade soviel, um ein Hemd herausziehen zu können, dann ein Hosenbein.

Ich ziehe, es kommt auch etwas heraus. Eine rote Socke, eine blaue, ein Paar Sommerschuhe, die Jacke von einem anderen Anzug.

Ich ziehe mich an und gehe weg.

Endlich bin ich frei und wach. Ich kaufe eine Zeitung und blättere sie durch. Keine Erdbebenkatastrophe weit und breit.

Keiner hat sich die Mühe gemacht, das Erdbeben im Hause Brambilla in die Zeitung zu setzen, keiner erfährt davon.

In der Zeitung berichten sie von den Ausschachtungsarbeiten für die U-Bahn, von den aufgerissenen Straßen, dem dadurch entstehenden Verkehrschaos und auch von Menschen, die sich darüber beschweren. Und nun kommen Sie bitte eines Sonntagmorgens in meine Wohnung, und sehen Sie sich an, was *da* geschieht!

Das steht in keiner Zeitung!

DIE ›FULL-HOUSE‹-SCHLACHT

Das Minifußballspiel der Ehefrauen unter dem Pokertisch hat schmerzhafte Auswirkungen.

Wie die Welt sich weiterentwickelt! Jeder Tag bringt eine neue Erfindung, um sie noch vollkommener zu machen, je nach Standpunkt natürlich.

Ein Wissenschaftler entdeckt oder erfindet etwas Wichtiges. Sofort macht sich ein anderer Wissenschaftler daran, etwas noch Wichtigeres zu erfinden. Kaum hat er's geschafft, kommt ein dritter Wissenschaftler und erfindet etwas noch viel Wichtigeres. Eine Kettenreaktion, und keiner weiß, wann sie aufhört. Ich sage, ›nie‹, solange es Menschen gibt auf der Welt. Und der Fortschritt marschiert. Die Zivilisation wird immer zivilisierter. Mit echt zivilisierter Arroganz betrachten wir die sogenannten Wilden, die fantasielos in ihren Laubhütten vor sich hin leben und nicht einmal wissen, daß wir bereits auf dem Mond gelandet sind.

Und kaum hat einer etwas erfunden, versucht man sofort, diese Erfindung zum eigenen Nutzen und zum Schaden der befeindeten Nachbarländer auszunutzen. Zum Beispiel die Satelliten: Sie fotografieren da oben und übermitteln Daten, Hinweise und was sonst noch alles auf die Erde.

Das Ganze ähnelt ein wenig zwei Leuten, die sich am Kartentisch gegenübersitzen.

Was sie spielen, ist ganz egal, auf jeden Fall etwas,

das Schlauheit erfordert. Einer spielt aus und hofft, daß sein Partner ihm eine gewisse Karte bringt. Tut der das nicht, ist sein ganzer Plan im Eimer, und er muß anders disponieren.

Wichtig wäre, die Karten seines Gegners zu kennen, dann könnte man das ganze Spiel so drehen, daß man gewinnt.

Einer sollte ein Aufklärungsflugzeug erfinden, das die Karten in der Hand des Partners fotografiert. Der Gegner erfindet nun einen Satelliten, der die Trümpfe in der Hand des Partners ansagt. Dann glaubt dieser Gegner, daß ihm sein Partner in die Karten schaut, protestiert, was das für ein Spiel sein soll? Es ist nicht fair, ihm in die Karten zu gucken, während er korrekt, ohne nach den Karten des Gegners zu schielen, spielt. Der andere beweist ihm dann das Gegenteil, er benützt gezinkte Karten oder informiert sich durch ein Spiegelsystem, um den Partner zu beschummeln, usw.

Die Partie endet mit einem Riesenkrach, sie werfen sich die Karten teils an die Köpfe, teils auf den Boden, und alles fängt wieder von vorne an.

Dann studieren sie andere Möglichkeiten, sich in die Karten zu gucken, denn für dumm läßt man sich nur bis zu einem gewissen Punkt verkaufen.

Einmal spielten wir zu Hause bei mir Poker.

An irgendeinem Wochentag kamen Freunde zu uns, und wir legten ein kleines Spiel auf für wenige Lire, nur so zur Unterhaltung. Ein richtiges Familienspiel um des Spieles willen, bei dem man höchstens 100 Lire verlieren konnte.

Das Ganze war mehr ein Anlaß, zusammenzukommen, und während wir spielten, schauten unsere besseren Hälften zu und kommentierten die Spiele mit mehr oder meistens weniger Sachkenntnis. Damals gab es noch kein Fernsehen und daher keine Langeweile. Wir hatten viel Spaß und nahmen unsere Kleinkinderspiele so ernst, als ob es um Millionen ginge.

Die Spionage war in diesem Fall den U-Booten anvertraut. Womit ich sagen will, daß unter dem Tisch Signale gegeben wurden.

Es war ganz schön schwer, diese Signale richtig zu entziffern, so daß manchmal nicht wiedergutzumachende Fehler herauskamen. Um Ihnen ein Beispiel zu geben, was sich auf diesem Gebiet bei uns abspielte, muß ich Ihnen eine Episode schildern, die als ›Die Full-house-Schlacht‹ in die Annalen unserer Pokerchronik einging.

Wir saßen also an jenem Abend um den Tisch bei mir, ich, mein Nachbar Signor Spadoni, mein Freund Giorgio, Onkel Gustavo und Federico Spezzoni; der obligate Familienpoker am Dienstagabend.

Neben mir saß meine Frau, neben ihr Signora Spezzoni und, zwischen dieser und Freund Giorgio, Tante Flaminia.

Wir teilten die Karten aus, während unsere Damen über die seltsame neue Hutmode plauderten. Wir gaben unseren Senf dazu, und sie, die Damen, revanchierten sich mit herber Kritik über unser Spiel und unsere Spielweise.

Unseren Frauen nach sind wir Männer miserable Spieler. Wir haben keine Ahnung von den Feinheiten des Spieles und lassen uns oft übertölpeln. Nur Frauen spielen gut, und wir könnten allerhand von ihnen lernen.

Ab und zu mischt sich also eine unserer Damen ein und fragt, warum wir so spielen und nicht anders. Wir müßten doch gemerkt haben, daß der Gegner ein gutes Blatt hat, und deshalb die Karten wegwerfen.

Der Ehemann protestiert, sein Spiel sei eben eine nuancenreiche Finte. Man müsse dem Gegner hier und da beweisen, daß man nicht so leicht zu bluffen ist usw. usw. Sie wissen ja, wie es in so einem Fall zugeht, nicht nur in diesem Fall, nein, in allen Fällen, in die Ehefrauen ihre Nasen stecken.

Also ich gebe, Freund Giorgio paßt, Signor Spadoni eröffnet, und Onkel Gustavo sagt: »Autsch«, beugt sich hinunter und massiert seinen Knöchel, brummelt irgend etwas, richtet sich wieder auf und spielt aus. Ich sehe, wie Tante Flaminia mit Leidensmiene den Kopf schüttelt.

In diesem Augenblick macht meine Frau die typische Bewegung des Tritte-Austeilens, und prompt schreit Signor Spadoni: »Au, zum Donnerwetter!«, und beugt sich hinunter, seinen Knöchel zu massieren.

Ich frage mich, was meine Frau Signor Spadoni signalisiert haben kann, und wundere mich über das neue System, dem Gegner Hilfen zu geben. Aber meine Frau entschuldigt sich bei Spadoni: Der Tritt war ein Versehen. Nun verstehe ich, daß er *mir* zugedacht war, und biete drei.

Meine Frau schaut mich böse an, aber ich zucke die Achseln. Ich habe drei Buben und fühle mich sicher. Diese Untergrundsignale werden bei jeder Spielrunde exerziert, aber an diesem denkwürdigen Abend der ›Full-house-Schlacht‹ nahmen sie wahrhaft gigantische Dimensionen an.

Die Schattenzone unter dem Tisch ähnelt in gewissen Momenten einem Minifußballplatz, auf dem die Gattinnen mit ihren Schuhspitzen die Knöchel ihrer Ehemänner ›kicken‹.

Das ganze Signalsystem hat sich derart ineinander verkeilt, daß sich letzten Endes keiner mehr auskennt.

Ich habe mir von diesem Abend Notizen gemacht und kann daher den Vorgang ziemlich genau rekonstruieren.

Meine Frau wollte, als sie Signor Spadoni irrtümlich trat, mich zur Vorsicht mahnen. Sie hatte die Karten meines Freundes Giorgio gesehen, der steigerte, um eröffnen zu können.

Nun eröffne ich, Freund Giorgio will mitgehen, als ich sehe, daß Signora Spadoni eine brüske Bewegung macht. Man hört einen ziemlich heftigen Stoß, aber keiner der herumsitzenden Ehemänner zeigt irgendeine Reaktion, was mich kombinieren läßt, daß Signora Spadoni dem Tischbein einen Tritt versetzt hat. So ist es auch, und alle sind sicher, daß der Tritt eine Warnung ist für Signor Spadoni. Ein Tritt dieser Kategorie signalisiert klar und deutlich, daß sein Spiel schlechter ist als das seines Nachbarn, Onkel Gustavo.

Und nun wirft Signor Spadoni ein Jeton über tausend Lire (in Wirklichkeit 10) und löst damit eine Trittserie nach allen Seiten aus. Ich, mit meinen Buben in der Hand, verdopple, und meine liebende Gattin drückt mir, nach dem Tritt, auch noch ihren Bleistiftabsatz auf den linken Schuh, genau zwischen großer und mittlerer Zehe. Bei diesem Schmerz und dem rasanten Spiel noch mein Pokergesicht beizubehalten, ist eine Leistung, die mir, bescheiden gesagt, nicht so leicht einer nachmacht. Meine steinerne Miene übertrifft beinahe noch die von Onkel Gustavo, der heldenhaft einem herzhaften Fußtritt Tante Flaminias widersteht und den Einsatz verdoppelt, was wiederum eine Tritt-serie unter dem Tisch hervorruft, Tritte, die mit souveräner Gleichgültigkeit hingenommen wurden und Freund Giorgio den Einsatz noch einmal verdoppeln ließen.

Nun fängt der Tisch zu tanzen an – wie auf hoher See bei Windstärke 10.

Ich schaue mich um und sehe nur ernste, scheinbar ganz auf das Spiel konzentrierte Mienen, aber die Tritte von unten können keinen von uns mehr täuschen . . .

Nachdem nun die Signale der Gattinnen nicht mehr auseinanderzuhalten sind, können die Herren das Spiel nach ihren Intentionen und ihrer Taktik zu Ende spielen.

Das Ende bringt eine neue Trittserie unter dem Tisch, und als die Karten aufgedeckt sind, hat jeder Spieler ein Full house in der Hand, und der Pott ginge an Signor Spadoni, wenn er nicht durch die falsch verstandene Signalgebung der Gattin gepaßt hätte. Sie, nach Einsicht in die Karten, behauptet, überhaupt keine Zeichen gegeben zu haben, sondern nur beim Überschlagen der Beine zufällig das Knie Onkel Gusta-vos berührt zu haben. Seinerseits hatte Onkel Gustavo den Tritt so interpretiert, hat gereizt, wodurch die anderen aufgaben, und gewann den Pott mit dem armseligen Blatt von drei Sieben und zwei Sechsen . . . Nach diesem Abend luden wir unsere Gattinnen freundlich ein, sich nicht mehr am Spieltisch sehen zu lassen, auch weil wir alle fünf scheußliche blaue Flekken auf unseren malträtierten Schienbeinen hatten. Signor Spadoni spricht sogar von einer Knochensplitterung, die ihn zwingt, nach jedem Spiel vor dem Bettgehen kalte Umschläge machen zu müssen.

Von diesem Abend an versuchten unsere Frauen, uns par distance mit Augenzwinkern, Handzeichen, Naseputzen und ähnlichem Hilfestellung zu geben.

Diese Zeichen sind natürlich noch schwerer zu interpretieren als die Tritte unter dem Tisch.

Dann schickte uns ein gütiges Schicksal endlich das Fernsehen. Wir vernachlässigten unsere Pokerpartien, jeder blieb zu Hause und entschlummerte mehr oder weniger sanft, je nach Programm, vor dem Glotzophon.

WUNDERLICHER FISCHZUG

Gefangene Fische können sich nicht nur im Wasser wieder davonmachen, sondern auch auf der Straße, in nächster Nähe unserer Wohnung. Die Moral von der Geschicht: Traue einem Fischer nicht.

Auch wir kleinen Leute haben hier und da unsere Triumphe. Man braucht einfach manchmal einen persönlichen Erfolg, um den moralischen Tiefstand zu überwinden und wieder Vertrauen in das Leben zu gewinnen.

Die Dinge gehen verdammt nicht immer glatt, wir müssen eben in der allgemeinen Skepsis mitschwimmen. Den Menschen um uns tun wir oft leid, wenn wir mehr wollen, als unsere Möglichkeiten gestatten, aber dann überrascht sie unser Triumph, und sie wundern sich.

Ich sage, die Menschen um uns, aber ich meine damit alle, nicht nur die neben uns wohnen. Alle, von der Gattin über die Kinder bis zu den Kollegen im Büro.

Meine Frau, meine Kinder, unsere Haushaltshilfe Virginia, alle wissen, komme ich vom Fischen zurück, bringe ich höchstens ein paar armselige Dinger mit Flossen mit, wenn überhaupt.

Mich interessiert gar nicht mein Fang, sondern der an einem Flußufer oder an einem See verbrachte Tag, sorgenfrei und himmlisch ruhig. Ein Tag vollkommener Erholung.

»Das Fischen tut dir gut«, sagt meine Frau, »es ist für dich Unterhaltung und Zerstreuung, dein Geist braucht das. Wenn du vom Fischen zurückkommst, bist du ein anderer Mensch.«

Ich bin schon ein anderer Mensch, wenn ich sonstwohin fahre. Ganz besonders jedoch zum Fischen, da bin ich voller Hoffnungen und neuer Ideen. Ich fühle mich fit. Ich handhabe die Angel je nach Fisch entweder mit schlauer Vorsicht oder mit kriegerischen Instinkten. Ich genieße die Vorfreude, wenn ich die Angel werfe und mich anschicke, einen Fisch ans Land zu ziehen. In den Träumen vor meiner Abreise handelt es sich immer um kolossale Exemplare, schön, bunt und auch wild, mit denen ich einen Kampf auszufechten habe, den aber ich gewinne.

Im Traum komme ich immer heim mit Netzen voll Beute. Die Menschen bilden Spalier bei meinem Eintritt ins Haus. Meine Familie feiert mich und arrangiert Partys. Fischpartys natürlich ... Die Wirklichkeit ist sehr verschieden von der Fantasie.

Viele Male sitze ich am Ufer und warte auf die Fische, die nie kommen. Die ganze Fauna der Seen und Flüsse ist mit sich selbst beschäftigt, und es sieht aus, als ob auch das kleinste Wassertier, wenn ich in die Nähe komme, die Flucht ergreift. Vielleicht haben sie Angst vor mir ...

Manchmal komme ich mit einem armseligen Fischlein im Korb heim. Zu Hause betrachten sie es traurig. Unglücklich sind sie deshalb nicht, weil es schon ausgemacht ist, daß bei uns mit Großfischfang nichts drin ist. So schauen eben die Fische aus, die für uns

Dilettanten übrigbleiben. Für uns gibt es nichts Besseres.

Nur die Fische, von denen wir erzählen, die sind enorm. Wir berichten von einem Riesending, das angebissen hatte; die Nylonschnur war aber zu schwach, und das Vieh hat den Wurm mitsamt dem Haken verspeist. Manchmal sehen wir sie an die Oberfläche springen, dann messen wir mit den Augen ihre Größe und rechnen ihr Gewicht aus. Wir wissen dann genau, daß der Fisch, den wir nicht erwischt haben, ein Kilo dreihundert Gramm wog und daß der, den wir springen sahen, mindestens 73 Zentimeter lang war.

Zu Hause wissen sie, wie es mir geht. Meine Frau hütet sich, eine passende Fischpfanne mit Öl zu füllen. Es ist schon Tradition, daß wir am Abend eines Angelausfluges entweder eine Schweinshaxe essen oder Rinderbraten.

Letzten Endes sind wir alle keine begeisterten Fischesser. Der Fischer selbst mag sowieso meistens keinen Fisch, seine Leidenschaft ist das Fischen als Sport. Von dieser Seite also kein Bedauern. Nur die Katze von nebenan hat ab und zu einen kleinen Vorteil von meinen Fischzügen . . .

Aber mir tut so ein im Freien verbrachter Tag gut. Das behauptet auch meine Frau, vor allem weil sie nie dabei ist am Fluß oder am Seeufer, wenn ich fische.

Sie würde ihre Meinung gründlich ändern, wenn sich z. B. der Haken in irgendeinem Grünzeug am Grund verfängt und ich eine halbe Stunde brauche, ihn wieder loszukriegen, und dabei die schönsten Fische vorbeischwimmen und hungrig beim Nebenmann anbeißen. Oder wenn ein Fisch an der Angel hängt und sich 50 Zentimeter vom Ufer losreißt.

Aber eines Tages geschah ein Wunder. Am frühen Nachmittag biß ein Fisch an, der ungewöhnliche Ausmaße haben mußte.

Glücklich zog ich ihn an Land und war so befriedigt, daß ich die Angelrute abmontierte, die Würmer in den See schmiß, die Haken zusammensuchte und in ihrer Schachtel verstaute.

Ein Kollege kam daher und bewunderte den Fisch.

»Großartig«, sagte er, »dieser Hecht wiegt mindestens eineinhalb Kilo.«

»Reicht nicht«, sagte ich, »mindestens zwei.«

»Kann schon sein«, sagte der andere, »vor einigen Monaten habe ich einen ähnlichen gefangen, mindestens zehn Zentimeter länger, der wog eineinhalb Kilo.«

»Möglich«, sagte ich, »ich habe ihn ja nicht gesehen, aber wenn er länger war und nur eineinhalb Kilo wog, war er halt magerer.« Dann kam noch ein Fischer und noch einer, alle bewunderten den Fisch und gratulierten mir.

Es war wirklich ein Prachtstück. Kein Drandenken, ihn in den Fischkorb zu stecken, in dem ich sonst meine magere Beute transportiere. Er ginge auch gar nicht hinein. Auch wenn der Korb größer gewesen wäre, hätte ich mir nicht im Traum einfallen lassen, ihn drin zu verstecken.

Ich richtete ihm ein schönes Bett aus Weinblättern

am Boden neben dem Führersitz und legte ihn darauf. Dann fuhr, nein, flog ich nach Hause.

Während der Fahrt gönnte ich mir ab und zu einen Blick auf ihn. Er schnappte nach Luft, rührte die Flossen und schlug mit dem Schwanz.

Enorm. Er füllte den ganzen Teppich neben mir aus. Je öfter ich ihn bewunderte, desto länger wurde er.

Auf einmal machte er einen Sprung und landete zwischen meinen Füßen. Für einen Augenblick verlor ich die Herrschaft über den Wagen und wäre fast mit dem Fuß statt auf dem Bremspedal auf seinem Kopf gelandet. Verletzt habe ich ihn jedoch nicht. Ich hielt am Straßenrand, richtete ihm im Fond des Wagens ein neues Blätterbett und legte ihn darauf. Er schnappte immer noch nach Luft, aber seine Kraft ließ zusehends nach. Ich raste nach Hause.

Ich würde es kaum erwarten können, ins Vorzimmer zu treten mit meiner Trophäe, dem Hecht auf den Armen. Ich hörte schon den Beifall meiner Familie, sehe meine Frau, die sich sofort daranmachen will, das Tier zu putzen und herzurichten. Dann wird sie noch mit Virginia diskutieren, ob man ihn besser gegrillt oder blau zubereiten soll.

Aber ich werde mich dagegen wehren. Einen solchen Fisch darf man nicht so einfach zerstören. Erst muß man ihn wiegen, messen, den Nachbarn zeigen, fotografieren. Dieses einmalige Ereignis im Leben eines Hobbyfischers muß bis zum letzten ausgekostet werden.

Nein, meine Lieben. Das ist kein Fisch zum Essen. Der ist zum Herzeigen. Morgen nehme ich ihn ins Büro mit und zeige ihn diesem Enrico, der mich immer auf den Arm nimmt mit meiner Fischerei.

Ich möchte sehen, ob der imstande ist, ein solches Exemplar nach Hause zu bringen. Aber er geht ja überhaupt nicht fischen, wahrscheinlich nur, damit er sich nicht lächerlich macht. Im Nachhausefahren dachte ich an alles das: wie ich zu einer passenden Waage komme, um ihn vor aller Augen zu wiegen, an eine Ausrede, Onkel Gustavo ins Haus zu locken, um den Fisch anzustaunen. Am Straßenrand macht mir ein Mann Zeichen. Durch seine Angelrute wies er sich als Kollege aus. Ich hielt.

Er wäre gern mitgenommen worden, weil er genug davon hatte, immer nur nichts zu fangen, und wollte nicht auf seinen Freund warten, um nach Hause zu fahren. Ich ließ ihn gern einsteigen und zeigte ihm meine Beute. Er war begeistert. Wir redeten lang und breit über die Fischerei und unsere ewigen Mißerfolge. Er war genauso ein Pechvogel wie ich, und noch nie war es ihm gelungen, einen Fisch dieser Größenordnung heimzubringen.

»Sie Glückspilz!« sagte er. »Ich komme heim mit drei schäbigen Fischchen, und meine Familie lacht mich wie gewöhnlich aus. Wie ich Sie beneide!«

Er hob den Hecht auf, maß ihn und wog ihn in der Hand.

»Dreieinhalb Spannen, zwei Kilo, nicht weniger«, meinte er. Dann fragte er mich, wo ich wohne, und er sagte, daß er ganz in der Nähe zu Hause sei. Wir würden an seinem Haus vorbeifahren. »Wenn ich ihn wenigstens meiner Familie zeigen könnte«, sagte er.

»Wenn es sonst nichts ist«, sagte ich, »fahre ich bei Ihnen vorbei. Sie steigen aus, nehmen den Fisch mit, zeigen ihn her und bringen ihn mir dann wieder.«

»Danke«, sagte er, »ich bin Ihnen wirklich dankbar. Schon allein einen solchen Fisch herzuzeigen, ist schon eine Befriedigung. Sie sind wirklich sehr liebenswürdig.«

Er bat mich, an der Ecke zu halten. Er stieg aus mit meinem Hecht und trug ihn im Triumph um die Ecke. Ich stieg auch aus, ging zum nächsten Telefonhäuschen und rief zu Hause an. Ich erzählte von meinem großen Glück und beschrieb meinen Fang.

Meine Frau war begeistert.

»Den müssen wir unbedingt Onkel Gustavo zeigen«, sagte ich, »denn der nimmt mich auch immer auf den Arm mit meiner Fischerei. Ruf du ihn an und lade ihn zum Fischessen ein.«

»Wird er reichen?«

»Leicht«, sage ich, »der ist so groß, daß noch etwas übrigbleibt, auch wenn wir zehn sind bei Tisch. Ich meine, du solltest die Hälfte grillen und die Hälfte blau machen. Erst wird er natürlich fotografiert.«

Ich ging zu meinem Wagen zurück. Mein Anhalter hatte sich noch nicht sehen lassen. Ich setzte mich an meinen Platz und wartete. Auf dem Sitz neben mir hatte er sein Netz zurückgelassen mit drei winzigen Weißfischen, die zusammen vielleicht 100 Gramm wogen.

Ich gestattete mir ein mitleidiges Schmunzeln.

Eine halbe Stunde verging, dann eine Stunde, von dem Typ mit meinem Fisch keine Spur.

Ich dachte, er habe ihn wahrscheinlich gewogen und das ganze Fischabenteuer erzählt.

Die Idee, irgend jemand würde die Geschichte meines Riesenfischfanges erzählen, begann mich zu ärgern, auch wenn ich diese Leute nie kennenlernen würde.

Ich fing an, mir Sorgen zu machen. Wenn dieser Mensch nicht zurückkam, mußte etwas faul sein an der Sache. Und warum hatte er das Netz mit den Fischchen im Wagen gelassen?

Noch eine halbe Stunde.

Ich stieg aus, ging zum nächsten Haustor den Portier fragen, ob er einen Mann mit einem großen Fisch habe vorbeigehen sehen. Der Portier schüttelte den Kopf. Kein Sportfischer wohnt in diesem Haus.

Kein Portier hatte einen Fischer vorbeigehen sehen. Nervös spazierte ich auf dem Trottoir auf und ab.

Dann resignierte ich und fuhr ohne meinen Prachtfisch nach Hause. Schon beim Aufschließen der Haustür hörte ich enthusiastischen Lärm. Onkel Gustavo, Tante Flaminia und ihr Sohn Tullio waren in der Küche versammelt und redeten über den Fisch.

Ein Fotoapparat stand einsatzbereit im Salon, und meine Frau hatte sich die Waage unserer Gemüsefrau ausgeliehen.

Als ich die drei Weißfischchen auf den Tisch schmiß, rissen alle den Mund auf. Ich erzählte mein Abenteuer und beschrieb den Fisch.

Er war natürlich ein Gigant unter den Hechten, mindestens vier Kilo schwer und einen Meter lang.

Noch nie habe ich Onkel Gustavo so aus voller Kehle

lachen hören, und was das Traurigste war, er steckte die ganze Versammlung mit seinem Gegröle an.

Ich konnte sie nicht von der Wahrheit überzeugen.

Wir schickten um ein paar Grillhühner in die nächste Hühnerbraterei, und auch während des Essens konnten sie es nicht lassen, den wunderbaren Geschmack des Fisches zu loben.

Mein einziger Trost war, daß ein anderer, unbekannter Hobbyfischer die Bewunderung seiner Familie genoß. Schon aus einem anderen Grund kann ich diese traurige Geschichte nicht vergessen: Seit diesem denkwürdigen Tag stinkt mein Wagen grausam nach Fisch, und keinem Spray gelingt es, diesen Gestank daraus zu vertreiben.

DIE GROSSE KÜNSTLERIN

Eine gute Schauspielerin in der Familie ist immer von Nutzen, besonders wenn eine Freundin mit ihrem Sprößling zu Besuch kommt.

Ich habe immer behauptet, daß der Besuch einer Schauspielschule nützlich sein kann. Für mich, für meine Frau, für . . . nein, einen Moment bitte.

Nur für meine Frau und mich und basta. Für unsere Kinder nicht, denn die schauspielern recht gut, zu gut für unseren simplen Geschmack. Sie schaffen es immer, uns genau das einzureden, was ihnen in ihren Kram paßt.

Ich bin sicher, daß meine Frau in fernen Mädchentagen Schülerin einer solchen Einrichtung war, in weiser Voraussicht kommender Ereignisse. Dabei wußte sie ganz genau, daß sie heiraten würde, und eben aus dieser Überlegung heraus hielt sie die Entwicklung ihrer schauspielerischen Gaben für unerläßlich.

Sie leugnet zwar strikt, wenn ich diesbezügliche Andeutungen mache, und sagt, ich rede dummes Zeug, aber ich kann einfach nicht glauben, daß sie ein solches Naturtalent ist. Weder ihre Eltern noch die Großeltern hatten, soweit mir bekannt, etwas mit dem Theater zu tun.

Meiner Meinung nach ist sie besser als mancher Star. Eine Glanzrolle für sie wäre die Jungfrau von Orléans. Aber auch in den meisten Pirandello-Komödien hätte sie bestimmt großen Erfolg, mindestens so großen wie in der Familie. Über die große Darstellungskunst unserer Gattin und Mutter herrscht jedenfalls eine seltene Einigkeit in der Familie.

Um bei der Wahrheit zu bleiben: Mein Sohn Ercole, der Kritiker der Familie, hatte anfangs an ihren Gesten einiges auszusetzen, aber meine Frau hat aus seiner Kritik gelernt und ihre kleinen Defekte korrigiert. Jetzt ist sie sparsam in ihren Bewegungen, sie beschränkt sich gerade auf nur so viel, gewisse Höhepunkte zu unterstreichen. Die ständige Überwachung durch unseren Sohn hat viel zu ihrer Vervollkommnung beigetragen, so daß sie ruhig als Duse-Nachfolgerin bestehen könnte.

Gewisse Rollen spielt sie mit beeindruckender Natürlichkeit. Man fragt sich unwillkürlich: Wenn das nicht wahre Kunst ist, wo findet man sie dann?

Wenn Sie Lust haben, kommen Sie bitte zu mir nach Hause und wohnen Sie solch einem künstlerischen Ereignis bei, einem Glanzstück aus dem Repertoire meiner Frau.

Kommen Sie in unseren ziemlich geräumigen Salon, von wo aus Sie der Aufführung zusehen können, die teils im Korridor, teils in der Küche und auch im Salon selbst spielt.

Nehmen Sie in der zweiten Reihe Platz. In der ersten sitze ich, mein Sohn der Kritiker, meine Tochter Caterina und die engsten Verwandten, Onkel Gustavo und Tante Flaminia.

Die Vorstellung beginnt um 18 Uhr, wenn Signora Pezzulli mit Söhnchen Franco erscheint. Der Vorhang hebt sich beim ersten Ton der Türklingel. Virginia geht zur Türe, öffnet sie, kommt dann in den Salon und meldet meiner Frau den Besuch von Signora Pezzulli und Sohn.

Die Freudenschreie meiner Frau erzwingen schon den ersten Applaus.

Kein Irrtum, sogar Signora Pezzulli erkennt die Echtheit dieser Töne, es ist ehrliche, spontane Freude, die sich ihren Weg vom Herzen durch die Kehle über die Lippen bahnt.

Entschuldigen Sie, wenn ich etwas zu häufig von den künstlerischen Bewertungen meines Kritikersohnes Gebrauch mache, er notiert nämlich alles und arbeitet die im Familienblatt erscheinenden Kritiken aus.

Das Schauspiel hat also mit dem Freudenschrei meiner Frau seinen Anfang genommen, dem dann noch ungezählte Begeisterungsausbrüche folgen.

Erst küßt meine Frau ihren Gast mehrere Male auf beide Wangen, dann beugt sie sich zu Gianfranco, hebt ihn empor, um ihn auf die Stirn zu küssen, was der zweijährige Liebling dazu benützt, meine Frau mit aller Gewalt an den Haaren zu ziehen.

An diesem Punkt fordert die beglückte Miene meiner Frau den ganzen Salon zu stürmischem Beifall heraus.

Probieren Sie einmal, sich von einem präpotenten Geschöpf wie Gianfranco an den Haaren ziehen zu lassen, daß Sie alle Englein singen hören, und versuchen Sie dann, was Ihnen sicher nicht gelingen wird, dabei einen Ausdruck von Freude auf Ihr Gesicht zu zaubern!

Nicht einmal die Duse wäre besser, versichere ich Ihnen, von Greta Garbo ganz zu schweigen.

Die Szene *ist* hochdramatisch, denn während meine Frau unentwegt lächelt, versucht Signora Pezzulli ihren an den Haaren meiner Frau hängenden Sprößling auszuzanken, aber die große Künstlerin, mit einem solchen Ton von Aufrichtigkeit in der Stimme, daß das Publikum mit offenem Mund dasitzt, bittet die Mutter, den Kleinen doch zu lassen, es tue nicht weh, wirklich . . . Bei diesem »wirklich« bricht tosender Beifall los, daß der Lüster zu wackeln beginnt. (Keine Angst, ich habe ihn erst neulich zusätzlich befestigen lassen!)

Von diesem »wirklich« werden mehrere Zugaben verlangt, während Gianfranco alle Anstrengungen macht, meiner Frau die Löckchen auszureißen, und seine Mutter vergeblich versucht, ihn meiner Frau aus den Armen zu winden.

Als sie es endlich geschafft hat, werden wir Zeugen eines der charmantesten Dialoge. Signora Pezzulli möchte ihr Prachtstück richtig verdreschen, aber meine Frau sagt wörtlich:

»Laß ihn doch, Liebste, man muß mit den lieben Kleinen nicht so streng sein, wir müssen Geduld haben mit unseren Kindern!« Dieser Dialog setzt sich unter größter Anteilnahme des Publikums in dieser Tonart fort, während in der ersten Reihe sich eine kleine Debatte zwischen dem Onkel und Tante Flaminia entsponnen hat. Onkel Gustavo behauptet, das Textbuch spreche jeder Logik hohn, denn wenn das Stück lebensecht wirken solle, müßte jetzt meine Frau Singora Pezzulli bei den Haaren packen und sie mit dem im Korridor hängenden Besen vermöbeln als praktische Demonstration ihrer Kindererziehung.

Nun, hätte sich das Stück in dieser Richtung weiterentwickelt, wäre der wirkliche Sinn verlorengegangen, weil meine Frau dann ihren echten Seelenzustand dargestellt hätte und nicht den einer ganz anderen Person, einer Frau, die alle Widerwärtigkeiten mit Begeisterung hinnimmt. Nicht nur das, sie zeigt durch ihr Verhalten, daß sie die Erziehungsmethode von Gianfrancos Mutter gutheißt.

Die Gruppe verlagert sich ins Speisezimmer, wo das kleine Radio steht, dem meine Frau zuhörte, als sie vorhin an etwas Weißem, einer Tischdecke, glaube ich, stickte.

Nun stürzt sich Mamas Liebling auf das Radio. Seine Mutter stößt einen Schrei aus, um ihn daran zu hindern. Ohne Erfolg natürlich. Gianfranco beginnt an allen Knöpfen gleichzeitig zu drehen, es entsteht durch den Wechsel der Stationen und das Auf und Ab der Lautstärke ein Höllenlärm, der abrupt abbricht, als der liebe Kleine die Knöpfe einen nach dem anderen herausreißt und sie sich in den Mund steckt.

An diesem Punkt ist das Lächeln meiner Frau von einer Natürlichkeit, die sie nicht einmal erreicht, wenn sie wirklich zufrieden ist. Sie sagt: »Wie beneidenswert du bist, meine Liebe, einen so aufgeweckten Jungen zu besitzen! Stell dir vor, wenn er ein Duckmäuser wäre!« Lang anhaltender Beifall.

Hier gehen wir mit unserem Starkritiker nicht konform. Er behauptet, das Lächeln meiner Frau scheine von absoluter Natürlichkeit, aber die Befriedigung meiner Frau ist echt. Aber wie soll man einem Kritiker klarmachen, daß der Grund ihrer echten Zufriedenheit darin besteht, daß sie hofft, Klein-Franco würde die in den Mund gesteckten Knöpfe verschlucken und daran ersticken! Kann sein, der Kritiker hat doch recht, aber es ist auch Kunst, wenn man ein Gefühl darstellt, das man in Wirklichkeit für etwas ganz anderes emp-findet!

Sehr klar waren meine Ausführungen wahrschein-lich nicht, aber so wichtig ist es auch wieder nicht. Wenden wir uns wieder der Aufführung zu, von der ich Ihnen auch nicht die kleinste Nuance vorenthalten möchte. Die Vorstellung geht weiter, und meine Frau, die große Künstlerin, wächst über sich selbst hinaus.

An einer gewissen Stelle bleibt uns allen der Atem weg, als meine Frau die Kredenz aufmacht und dem kleinen Scheusal eine Schale mit Konfekt hinhält. Die übergroße Spannung im Publikum ist damit zu erklä-ren, daß die frohgemute Herzlichkeit meiner Frau den Verdacht aufkommen läßt, das Konfekt, das sie Franco anbietet, könnte vergiftet sein.

Die Panikstimmung hält an und erreicht ihren Hö-hepunkt, als sie Gianfranco unter liebevollstem Zu-spruch der Künstlerin eine Handvoll Konfekt in den Mund stopft. Wieder halten wir den Atem an, ich weiß nicht, ob aus Angst oder in der Hoffnung, Gianfranco blitzartig zu Boden gehen zu sehen, aber der Bub in seinem ungebrochenen Lebensmut zerstreut sofort jeden Zweifel. Er packt die Schale noch einmal, um eine zweite Handvoll Süßigkeiten zu verschlingen, wobei er sich Gesicht und Hände mit Schokolade vollschmiert. Dann packt er mit seinen Schokoladepfoten die Stickerei meiner Frau.

Seine Mutter, weiß wie ein Leintuch, springt auf, aber meine Frau lächelt und meint, wenn sie fertig ist, muß die Tischdecke ohnehin gewaschen werden.

Auch hier hatten wir viel Beifall vor allem deshalb, weil meiner Frau kurz vorher die Hand ausgerutscht war, als unser Sohn mit frisch gewaschenen Händen das gute Stück angefaßt hatte »mit seinen Pranken, die auch frisch gewaschen immer dreckig sind«, wie sie sich liebevoll ausdrückte.

Es würde zu lange dauern, Ihnen das ganze Schauspiel vom Besuch der jungen Mutter samt Kind zu erzählen. Die Momente echter, künstlerischer Aussage sind unzählige, wir hatten siebenundzwanzigmal Applaus und zehn Dakapowünsche, von denen sieben erfüllt wurden.

Der längste Beifall mit Dakaporufen war gegen Ende, als Gianfranco die große Majolikavase umstieß, die in tausend Scherben zerschellte. Da war das Lächeln meiner Frau anbetungswürdig. »Es war ein unglücklicher Zufall«, lächelte sie. »Schuld haben wir Großen, daß wir zerbrechliche Dinge so einfach herumstehen lassen! Aber wir haben eben alle unsere Fehler!«

Ich zitiere wörtlich aus den Notizen meines Sohnes. So gelesen, klingt es nach gar nichts, aber man mußte die große Künstlerin sehen und hören, um endlich zu begreifen, was echte Kunst ist!

Das Stück geht also unter dem Beifall des Publikums zu Ende. Meine Frau begleitet Signora Pezzulli zur Tür, küßt sie, küßt Gianfranco und sagt mit umwerfender

Natürlichkeit, sie hoffe, sie bald, sehr bald wieder begrüßen zu können.

Der Abgang gleicht dem Auftritt, meine Frau opfert noch ein paar Löckchen. – Sie können sich die Szene sicher gut vorstellen, alles wie gehabt!

Endlich ist Signora Pezzulli mit ihrem Liebling draußen, das Stück ist aus, der Vorhang fällt und meine Frau in Ohnmacht. Jeder Erfolg fordert eben seinen Tribut. Vielleicht ist es ihr ein Trost, wenn ich ihr beim Erwachen sage, daß auch Greta Garbo diese Rolle nicht ohne einen Nervenzusammenbruch überstanden hätte.

AM RANDE DES ABGRUNDES

Mit Hilfe meines Freundes Giorgio, einem erprobten Alpinisten, finde ich einen neuen Anstieg zur Ostwand der großen Diele und überwinde dabei Schwierigkeiten bis zum sechsten Grad.

Das war ein wirklich ereignisreicher Tag respektive Morgen. Und das alles nur, weil ich meinen Freund Giorgio zu mir auf ein Gläschen heraufbat, um unseren nächsten Sonntagsausflug zu besprechen.

Ich ziehe meine Notizen zu Rate, die damit beginnen, daß ich den Schlüssel ins Loch stecke, aufschließe und das Vorzimmer meiner Wohnung betrete.

Da niemand auf mein Läuten geöffnet hat, ist wohl keiner da. Im Finstern angle ich mit dem Fuß nach den Filzpantoffeln, die normalerweise neben der Eingangstür stehen, finde sie aber nicht. Ich knipse den Lichtschalter hinter der Tür an. Die Filzpantoffeln sind auf der anderen Seite des Vorzimmers, an der Korridortür; man müßte also den Raum durchqueren, aber wir haben nasse Schuhe, da es gerade zu regnen aufgehört hat. Wir putzen uns die Schuhe am Fußabstreifer ab, doch das genügt nicht.

»Zu blöd«, sage ich, »die Filzpantoffeln sind auf der anderen Seite, wir können nicht so einfach hinübergehen. Meine Frau würde uns einen schönen Marsch blasen, wenn sie heimkommt.« Freund Giorgio versteht mich. Auch er hat eine Wohnung, eine Frau und Marmorfußböden.

»Macht nichts«, sagt er, »trinken wir halt ein anderes Mal ein Gläschen, wenn die Filzpantoffeln am richtigen Platz stehen.« Ich sage nein. Wegen einer solchen Lappalie einen Rückzieher machen, kommt nicht in Frage. »Wir könnten die Schuhe ausziehen«, schlägt Giorgio vor.

Das geht nicht, auch ohne Schuhe bleiben Abdrücke. Wir könnten höchstens nachpolieren, aber das Risiko ist nicht einzugehen, denn zu viele Maschinen, Besen und Lappen gibt es im Haus, die ich nicht anrühren darf, weil ich sonst alles durcheinanderbringe – sagen wenigstens meine Damen.

Meine alte Passion für das Bergsteigen kommt mir in den Sinn. Nostalgisch gedenke ich des Tages, als ich, auf der Spitze des Sasso Lungo stehend, das Panorama über dem Tal der Vicenzahütte mit den Augen umarmte und, gegen die Seiser Alm zu, versuchte, den Aufstieg auf den Sasso Piatto zu finden, zu den steinigen Zacken des Cinquedita.

Von der Eingangstür wandert mein Blick über die große Diele bis zu den Filzpantoffeln an der äußersten Zacke des ›Großen Bodens‹ vor der Korridortür.

Zu meiner Linken eine steile Wand, glatt, ohne jede Vertiefung, in der Mitte unterbrochen von einem zierlichen Tischchen und einem Spiegel in breitem Goldrahmen. Ein Blick genügt: Die Westseite bietet unüberwindliche Schwierigkeiten. Man muß einen anderen Anstieg zur Korridortür finden, und dazu bleibt nur die Ostwand zu meiner Rechten.

Ich sage dies Giorgio, und sein Blick erhellt sich.

Er hat seine alpinen Erfahrungen auf der Grignetta

gesammelt. Er steigt den ganzen Sommer über auf den schwierigsten Spitzen herum und läßt sich knipsen, wenn er gerade einen Haken einschlägt und am Seil in der Luft baumelt.

»Ich renne heim und hole Seil und Haken«, sagt er.

»Laß es«, sage ich. »Ich glaube, wir brauchen weder Seil noch Haken. Den richtigen Weg müssen wir finden und dürfen vor allem nicht vergessen: Wir haben keinen Boden unter den Füßen, sondern einen Abgrund von mindestens fünfhundert Metern. Beschummeln gilt nicht.«

»Ein Alpinist beschummelt nicht.«

»Also gut«, sage ich, »untersuchen wir die Ostwand Zentimeter um Zentimeter.«

Der erste Teil ziemlich leicht. Auf einen Meter Entfernung von der Eingangstür thront die Truhe aus Nußholz, die, zirka einen Meter zwanzig lang, uns bis zur Ecke der Ostwand trägt. Dann geht es über einen Stuhl zur Basis des ›Riesen‹, der den Namen ›Großer Nußbaumschrank‹ trägt.

Wir diskutieren über die Möglichkeit, dieses Hindernis zu überwinden. Giorgio schlägt vor, die zwei Türen aufzumachen und die Innenfächer als natürliche Stützpunkte zu benützen, aber ich halte es für unmöglich, den Zwischenraum bis zur offenen Tür zu meistern. Nicht einmal auf der ›Riesenspitze‹ gibt es ähnliche Schwierigkeiten sechsten bis achten Grades, und selbst Locadelli, das Bergführer-As, würde von der Öffnung der Türen abraten und einen anderen Weg suchen.

Es bleibt nichts übrig, als die Südwand des Massivs

unter Benutzung eines kleinen Sockels bis zum Gipfel zu besteigen und an der Nordwand den Abstieg zu riskieren. Leider ohne Doppelseil. Vom ›Großen Nußbaumschrank‹ bis zum ›Großen Kleiderständer‹ ist der schwierigste Teil des ganzen Querganges. Ein Meter vierzig vollkommen glatter Wand. Ein Haken würde genügen, aber man kann in eine Vorzimmerwand keinen Haken schlagen. Nicht einmal dran denken.

»Deine Frau wird schon nicht schimpfen«, meint Giorgio. »Immer besser einen Haken in der Wand als fünfhundert Meter abstürzen.«

»Es ist weniger wegen meiner Frau«, sage ich, »aber die Mauer hält nicht. Das ist kein Felsmassiv in den Dolomiten, sondern eine moderne Betonwand.«

Er muß mir recht geben. Wir werden das Problem auf andere Weise lösen. Einer muß den anderen halten, wenn wir die Passage überwinden. Hilfe haben wir durch einen halbzentimeterbreiten Sockel, der sich in zwanzig Zentimeter Höhe über dem Boden, oder, wenn Sie wollen, über dem Abgrund entlangzieht.

Einmal am ›Großen Kleiderständer‹ gibt es noch zwei oder drei Passagen dritten oder vierten Grades, aber das Gröbste haben wir dann hinter uns.

Haben wir erst den Westgipfel bezwungen, trennen uns nur noch eineinhalb Meter von der Korridortür und den Filzpantoffeln. Das ist der kritische Moment. Einer von uns muß den Regenschirm fassen, der am äußersten Ende des ›Großen Kleiderständers‹ hängt, sich über den Abgrund beugen und dann, vom Bergkameraden gehalten, versuchen, mit dem Schirmgriff die Pantoffeln heranzuziehen.

Das ist unser Plan, und Giorgio wird das Kommando übernehmen. Er bildete die Tête der Seilmannschaft, leider ohne Seil, und geht als erster los.

Singend überqueren wir die Truhe. »O Edelweiß, du schönster Preis!« Ich übernehme die zweite Stimme und folge ihm.

Wir erreichen den Stuhl ohne Zwischenfall und verschnaufen, ehe wir den ›Großen Nußbaumschrank‹ in Angriff nehmen.

»Wir müssen«, sagt Giorgio, »auf die Stuhllehnen ausweichen und von dort aufsteigen zum ›Großen Nußbaumschrank‹.«

Ich stimme zu, und Giorgio nimmt ohne Schwierigkeiten die ›Kleine Sessellehne‹, von wo aus er den oberen Rand des Kolosses erreichen kann. Dieser Aufstieg ist relativ leicht für einen erprobten Alpinisten, auch weil die Wand nicht vereist ist und auch keine Steinschlaggefahr besteht.

Kaum ist Giorgio auf dem Gipfel, folge ich ihm auf dem gleichen Weg. Ich bin außer Training, aber Giorgio gibt mir bei den letzten Schritten Hilfe mit einer Hand.

Wir müssen gebeugt stehen, weil wir uns sonst unsere Köpfe am Plafond anrennen, aber es ist Platz genug, daß wir uns ohne Gefahr bewegen können.

Unter uns breitet sich der weiträumige, glänzend polierte Marmorboden aus. Die Möbel spiegeln sich in ihm, und im Hintergrund sehe ich deutlich die Filzpantoffeln auf der Schwelle der Korridortür, die sich im Halbdunkel verliert.

Das Panorama ist von der Kristallkugellampe erhellt,

die von der Plafondmitte der Diele herunterhängt und goldene und silberne Reflexe im Spiegel und seinem Rahmen entzündet.

Wie verzaubert blicken wir umher, und unsere Gedanken fliegen zum Pordoijoch, ins Fassatal und zur Marmolata.

Als wir unsere Zigaretten zu Ende geraucht haben, gehen wir weiter, damit uns nicht etwa ein Sturm überrascht und wir da heroben kampieren müssen. Diese Gefahr besteht eigentlich nicht, aber meine Frau kann jeden Moment zurückkommen, und dieser Sturm würde in nichts einem Unwetter in den Dolomiten nachstehen. Wir müssen an der Nordwand absteigen und das Stück glatte Wand überwinden. Giorgio läßt sich vorsichtig hinunter und sucht sich mit den Füßen kleine Hilfen. Ich halte ihn, bis er mir zuruft, daß er unten angelangt ist. Dann steige ich ab. Nun halte ich ihn bei der Passage vom ›Großen Nußbaumschrank‹ bis zum ›Großen Kleiderständer‹. Mit einem Sprung und einer eleganten Drehung erreicht er die Südspitze und sichert sich ab.

»Bravo!« rufe ich ihm zu. »Das ist ein Glanzstück deiner alpinen Leistungen!«

Er sitzt sicher auf der Spitze, und nun komme ich dran. Giorgio kann mir, von seiner sicheren Situation aus, ein wenig Hilfe geben, und so erreiche auch ich heil den Gipfel.

Er rückt nun zur ›Mittleren Hutablage‹ vor. Leider fallen dabei alle Hüte auf den Boden, aber ihm passiert glücklicherweise nichts. Nun schafft er noch den letzten Teil bis zur ›Westlichen Hutablage‹, wobei ich ihn aus meiner gesicherten Lage heraus unterstützen kann.

Hier muß ich eine kleine Beschreibung des großen Kleiderständers geben: Der obere Teil besteht aus einem Brett für die Hüte, knapp darunter sind die Kleiderhaken für Mäntel, der untere Teil besteht aus einer Messingplatte für die Schirme, mit einem Geländer rundherum, das jetzt eine prima Sütze für meine Füße bildet. Vom westlichsten Kleiderhaken aus packt mich Giorgio beim Hosengürtel, und ich erreiche die Schirmspitze.

»Bist du soweit?« fragt er.

»Ich bin soweit«, antworte ich.

Sicherheitshalber halte ich mich mit der linken Hand an Giorgios Arm fest, beuge mich mit dem ganzen Oberkörper ins Leere und angle mit dem Schirmgriff nach den Filzpantoffeln. Mit größter Anstrengung ziehe ich einen nach dem anderen zu mir her.

Ich will gerade in ein Triumphgeschrei ausbrechen, als die Tür aufgeht und meine Frau, gefolgt von Tante Flaminia und unserer Virginia, erscheint.

Die drei bleiben verblüfft unter der Tür stehen.

An diesem Punkt bin ich nicht mehr fähig, die Ursache der Katastrophe zu realisieren.

Vielleicht hat mich das Erscheinen der Frauen zu einer unvorsichtigen Bewegung verführt. Tatsache ist, der ›Große Kleiderschrank‹ gab unter unserem Gewicht nach, fiel um und begrub uns unter sich.

Ich will das, was sich dann in der Familie abspielte, diskret übergehen. Es war einer der schwersten Stürme, in die ich je geraten bin, aber wir haben unser Vorhaben zu Ende geführt.

Das war der einzige Unfall meiner Bergsteigerkarriere. Ich habe ein paar Kratzer davongetragen, und der arme Giorgio sogar eine leichte Verstauchung des linken Handgelenkes.

Zur Erinnerung haben wir den großen Nußbaumschrank ›Piz Giorgio‹ getauft.

Der neue Weg von der Wohnungs- zur Korridortür, meine persönliche Erstbesteigung, trägt seit damals den Namen:

›Brambilla-Senior-Steig‹.

KENNEN SIE DAUNENDECKEN?

Hören Sie nun, wie ich von einem wunderbar weichen Prachtexemplar dieser Gattung, unbesiegbar wie Muhammad Ali, zur Strecke gebracht wurde.

Wie selten stimmt der Mensch mit seinem Image überein! Da begegnet uns ein Typ blauäugiger Gutmütigkeit, harmlos und friedfertig, und was lesen wir in der Zeitung? Er hat nicht nur eine Bank, sondern auch einen Juwelier ausgeraubt!

Dann treffen wir auf einen Gangster in Reinkultur, wenn der Vergleich in diesem Zusammenhang erlaubt ist, machen einen Bogen um ihn und erfahren dann, daß er sein halbes Einkommen für wohltätige Zwecke spendet und in seiner Freizeit ehrenamtlicher Babysitter ist oder Witwen tröstet . . .

Alles verkehrt. Der Augenschein trügt, die Kutte macht noch lange keinen Mönch.

Man muß dem Augenschein mißtrauen, die Menschen auf Distanz halten, auf jeden Fall für Bewegungsfreiheit sorgen . . .

Ich habe die Bekanntschaft einer Daunendecke gemacht, die mich eine Zeitlang zur Verzweiflung brachte. Aber wer ist schon mißtrauisch gegen eine Daunendecke?

Ich war ins wunderschöne Südtirol gefahren. Sie wissen ja, wie man so was macht: Man packt den Koffer, steigt in den Wagen oder in die Bahn, bringt den Koffer unter und fährt nach Südtirol.

Wenn man dort ist und sich umschaut, erinnert man sich an so vieles, das man vergessen hatte. Ein Stadtmensch ist eben an die Stadt gewohnt und sieht nur das, was täglich in der Stadt vorgeht. Das Riesendurcheinander, Leute, die sich aufregen, die sich den Kopf zergrübeln, wie sie aus diesem Chaos eine noch größere Konfusion schaffen könnten, kurzum . . . der Streß. Rundherum rasende oder stehenbleibende Autos, Asphalt, Hochhäuser, Zement, Lifts. Alles das und noch mehr genießen wir täglich. Und dann hat man eines Tages die Schnauze voll. Man braucht einen Tapetenwechsel, blauen Himmel, möglichst mit rosa Wölkchen getüpfelt, ein paar Sonnenuntergänge, Tannen, Seen, grüne Wälder und leise rieselnde Wasserfälle. Und so verlagert man sich nach Südtirol.

Die Lungen weiten sich in der guten Luft, und man sättigt die Augen mit all den Herrlichkeiten, die man vergessen hatte.

Ich komme also an, steige in einem kleinen, blitzsauberen Gasthof ab. Die Leute begrüßen mich freundlich und freuen sich, daß ich da bin. Sie zeigen mir mein Zimmer.

Ein bezauberndes, ganz holzgetäfeltes Schächtelchen. Der Blick aus dem Fenster zeigt ein grandioses Bergpanorama.

Das kleine Bett ist ganz überflutet von einer überdimensionalen Daunendecke. Da liegt sie und läßt sich bewundern. Eine liebenswerte Wärme versprechende Decke.

Diese Decke hat sicher einen Durchmesser von 50

Zentimetern, und ich kann ihrer einladenden Üppigkeit nicht widerstehen. Ich lege mich auf sie und versinke in ihrer nachgebenden Weiche.

Ich fühle ihre sanfte Umarmung, sie schmiegt sich an meinen Körper, meinen Kopf, meine Arme und verbirgt mir den Blick auf das Zimmer, auf die Wände. Ich sehe nur noch den Plafond, süße Wärme durchströmt mich. Welch zärtlicher Empfang!

Ich bleibe zehn Minuten liegen und genieße dieses für mich ganz neue Bettgefühl. Ich denke an unsere armseligen, bescheidenen Decken zu Hause und wie lange wir immer auf ihre tröstende Wärme warten müssen.

Das Zimmer ist geheizt, es ist kalt draußen, die Berge sind schneebedeckt, und die Zentralheizung genügt wohl nicht.

Ich möchte aufstehen, aber die Decke hält mich fest, nicht vielleicht mit Gewalt, o nein, mit einer weichen, zarten Umarmung.

Sie folgt meinen Bewegungen. Sie drückt sich zusammen, wenn ich mich anlehne, und füllt zum Ausgleich ihre freibleibenden Regionen. Ich versuche sie zurückzuschlagen, aber sie bläht sich nur noch mehr auf. Mit großem Kraftaufwand erreiche ich den Bettrand, möchte die Füße auf den Boden stellen, die Decke folgt ihnen und umwickelt sie von neuem.

Ich versuche die Arme zu heben, tauche aber sofort wieder in einem Federmeer unter, dessen Stoffhülle sich seidenweich anfühlt.

Mühsam schwimme ich zum Bettrand, die Steppdecke macht jede Bewegung mit. Endlich auf dem

Boden, umarmt sie mich zärtlich und gnadenlos. Endlich befreie ich mich und stehe auf.

Die Decke schwillt wieder an, ich nehme sie in die Arme und lege sie aufs Bett zurück.

»Auf heut abend!« rufe ich ihr mit einer grüßenden Handbewegung zu und verlasse das Zimmer.

Während ich das herrliche Panorama genieße, liegt sie im Bett und überlegt sicher neue Tricks, mit denen sie mich in der Nacht k. o. schlagen kann.

Ich weiß ja nicht, was mich erwartet, weil kein Mensch sich vorstellen kann, was für ein Kämpfergeist in so einer dicken Daunendecke lebt.

Wir aus anderen Gegenden sind an diese Art Freistilringen nicht gewöhnt. Die Einheimischen werden wohl wissen, wie man sie behandelt. Wahrscheinlich kennen sie ein paar Tricks, sie im Zaum zu halten, sonst würden sie diese gefährlichen Dinger nicht als Bettdecke benutzen. Aber wir sind in dieser Sportdisziplin absolute Greenhorns.

Ich nehme mir für die Zukunft ein ernsthaftes Training vor. Wenn ich in diese Gegend zurückkomme, werde ich ein Dutzend Steppdecken mit der linken Hand bändigen.

All diese Überlegungen machte ich natürlich erst später. In diesem Augenblick machte ich mir keine Sorgen, weil ich ja nicht wußte, was auf mich zukommt.

Ich genieße die Ruhe, die Sonne auf dem Schnee, den Geruch der Tannen und das gemächliche Plätschern des Gebirgsbaches, glücklich, der Stadt entflohen zu sein.

Spät kehre ich in mein Zimmer zurück.

Die Daunendecke liegt brav an ihrem Platz, und ich freue mich schon auf ihre Wärme.

Ich lege mich ins Bett und decke mich mit der Dicken zu.

Der kolossale Daunenberg beherrscht das ganze Zimmer, und sogleich umschmeichelt mich ihre Wärme.

Ich lösche das Licht und überdenke meine heutigen Eindrücke.

Eine riesige, weiche Hand senkt sich zärtlich auf mein Gesicht und verweilt dort, so daß ich gezwungen bin, mich zu verlagern, bis meine Rübe an das Kopfende des Bettes stößt.

Ich kann wieder atmen, aber die weiche Hand ist mir gefolgt und legt sich auf Nase, Augen und Stirn.

Ich probiere, die Decke hinunterzuziehen, aber kaum drunten, ist sie schon wieder oben. Ich stehe auf, ziehe die Decke ganz hinunter zu den Füßen und lege mich wieder hin.

Ich warte. Nach und nach gewinnt sie an Boden, bremst aber vor meiner Nase. Vielleicht kann ich jetzt schlafen.

Ich drehe mich unter der Decke hin und her, um ein wenig Luft zu bekommen. Die Wärme wird zur Plage. Ich schwitze.

Es muß etwas geschehen. Ich nehme die Decke und drücke sie nach links, ganz an die Wand. Ganz ohne sie fühle ich mich wesentlich besser.

Ich bin am Einschlafen, als die Dicke zu einem neuen Angriff übergeht. Langsam schwillt sie an, bis sie das ganze Bett okkupiert hat, packt mich und hält mich mit sanfter Gewalt.

Eine Befreiung ist unmöglich.

Ich stehe wieder auf, nehme sie und hänge sie über das Fußteil des Bettes. Vorsichtig schleicht sie wieder nach oben und hat meine Beine in einem Zangengriff. Ich teile Stöße aus, aber meine Beine versinken im Nichts. Endeffekt: Die Dicke bläst sich wieder auf und ist Herrin des Bettes.

Jetzt werfe ich mich auf sie, umarme sie mit dem Versuch, sie auf ein Minimum zusammenzudrücken. Sie gibt dem Druck wohl nach, aus Rache schwillt sie an beiden Seiten auf, umschlingt mich und wickelt mich ein.

Eines Tages müßte man einen Kampf zwischen Ali und so einem Ding arrangieren, ich möchte ihn am Boden knien und um Gnade bitten sehen! Nicht einmal ein Karatemeister mit dem schwarzen Gürtel würde mit all seinem Können Sieger bleiben.

Wir kämpfen eine Weile und fallen aus dem Bett. Ich probiere, an ihre Vernunft zu appellieren, aber sie entschlüpft mir und windet sich wieder um die Beine. Ich schwitze und ringe nach Atem. Sie ist taufrisch und voller Kampfeslust.

Endlich habe ich sie auf Kopfkissenmaß zusammengepreßt und deponiere sie auf der Kommode am Fußende des Bettes.

Kann sein, ich habe sie geschafft, aber ich finde keinen Schlaf, dieses Kampfgetümmel hat mich völlig demoralisiert. Mit gelöschtem Licht kann ich kaum den Widerschein des Spiegels ausmachen. Nach einer

Weile taucht noch der Umriß des Fensters aus dem Dunkel auf. Zu meinen Füßen, zwischen dem unteren Bettende und der Kommode, zeichnet sich ein weißer Schatten ab. Ein Schatten, der langsam wächst, größer wird. Es ist die Daunendecke. Sie schwillt an, dehnt sich aus. Mit zusammengebissenen Zähnen fixiere ich sie, wie ein Ringkämpfer den Gegner abschätzt und auf dessen kleinste Unaufmerksamkeit lauert, bevor er sich auf ihn stürzt. Ich erwarte, daß sie mich mit einem Satz anspringt, aber ihre Taktik ist raffinierter, sie hat einen anderen Stil. Sie bläst sich auf, breitet sich vorsichtig aus, überwindet das Fußende des Bettes und legt sich dann wieder zärtlich um meine Beine.

Ich werfe mich auf sie, wir kämpfen eine Weile, bis es mir endlich gelingt, sie in den Wandschrank zu zerren.

Ich schließe die Türen, die sich leider nicht abschließen lassen. Ich lege mich wieder ins Bett.

Diesmal hab' ich ihr's gezeigt, sie ist außer Gefecht gesetzt.

Heimlich, still und leise öffnen sich die Schranktüren, hinter dem sich erweiternden Spalt lugt das weiße Daunengespenst ins Zimmer. Sie quillt auf, die Türen geben nach, sie kommt Stückchen für Stückchen wieder zum Vorschein.

Ich fürchte, sie wird sich zu einem neuen Kampf auf mich werfen, der nur mit meinem Erstickungstod enden kann.

Ich springe aus dem Bett, ehe sie ganz aus dem Schrank ist. Im Nahkampf ziehe ich sie zur Tür, öffne sie, und als ich auf dem Korridor bin, befreie ich mich endgültig von der Dicken, sause ins Zimmer zurück, schließe die Tür und drehe den Schlüssel um.

Der Kampf ist zu Ende.

Nur schwer kann ich wieder einschlafen. Im Traum komme ich in ein von lauter Daunendecken bevölkertes Land. Alle lächeln mich an, umarmen mich, laden mich ein.

Ich versuche ihnen zu entkommen, sie packen mich mit ihren weichen Händen, liebkosen mich.

Sie lachen über meine Hilflosigkeit. Ich presse sie zusammen, aber sie blähen sich nur noch mehr auf, sie wickeln mich vollständig ein und werden zu Giganten, wie das Gebirge draußen.

Mit den Zähnen packe ich sie endlich, beiße zu, zerreiße sie. Ich versenke die Hände in die Daunen, sie wirbeln im ganzen Zimmer herum bis hinauf zur Decke . . .

Als ich aufwache und aus dem Fenster schaue, tanzt doch wirklich ein Wirbel weißer Daunen herum . . . es schneit.

Ich habe meinen Wirt gebeten, die Daunendecke bis zu meinem Wiederkommen im nächsten Jahr aufzuheben. Dann werde ich, nach einem harten Training, in diesem ungleichen Zweikampf meinen Mann stehen können. Ich habe mir dann so ein Ding gekauft und nach Hause mitgenommen, aber ich habe noch nicht den Mut, mit dem Training zu beginnen. Vielleicht an einem dieser Tage, wenn ich mich sehr fit fühle, fange ich mit ein paar Anfangsstellungen, wie ich sie zu Boden kriege, an. Meine Familie wird, kritisch wie sie ist, diesem Match beiwohnen. Bis jetzt liegt die Daunendecke fest verschnürt, auf kleinstes Maß zusammengepreßt, in einem Schrank.

Schon deshalb habe ich Angst, das Paket aufzumachen. Wer weiß, wie sie ihre Wut über ihre Gefangenschaft an mir abreagiert!

STRESS

Durch einen Unfall kann ich meinen Rasierrekord nicht unterbieten, und durch die Hetze entsteht ein gewisses Durcheinander in der Familie.

Die Hetze wird von Tag zu Tag größer. Immer noch schneller muß alles gehen, die Tage werden zu kurz und reichen nicht mehr aus, unser Soll zu erfüllen. Man rennt immer und überall, in den Straßen, am Himmel, in der Stratosphäre und zu Hause. Schneller, schneller. Die Ruhe paßt nicht mehr in unsere Zeit, dadurch verbraucht sich der Mensch viel zu bald, und das Leben rennt ihm davon.

Kaum sind wir aufgestanden, ist's schon wieder Zeit, ins Bett zu sinken. Eines Tages werden sie Tabletten zum Ausruhen erfinden müssen. Tabletten, die uns erquicken wie nach einem guten Schlaf, weil wir auch die Nächte ausnützen müssen, um über die Runden zu kommen.

Es ist so jammerschade, an einem kalten Wintermorgen aufstehen zu müssen, wenn man die Bettwärme genießt wie einen kleinen Urlaub.

Aber die Zeit rennt, und der Stundenplan muß um jeden Preis eingehalten werden, wenn wir bis zur letzten Minute im Bett bleiben wollen. Alles muß auf die Sekunde organisiert sein. Daran denke ich heute früh. Mit den Augen am oberen Rand der Steppdecke blinzle ich in den leichten Nebel, der über der Stadt liegt. Kein Nebel, durch den die Sonne funkelt, es ist ein kalter, drückender Nebel, der die Idee eines eisigen, düsteren Tages heraufbeschwört.

Wieviel Uhr ist es?

Sieben. Um alles in Ruhe machen zu können, müßte ich aufstehen, aber zehn Minuten oder eine Viertelstunde könnte ich zugeben, wenn ich alles genau organisiere, um doch rechtzeitig ins Büro zu kommen. Ich muß die Sekunden zählen: soundso viele zum Waschen, soundso viele zum Rasieren, zum Anziehen.

Neulich habe ich einen Rasierrekord aufgestellt: zwei Minuten, acht Sekunden, einseifen inbegriffen. Heute früh könnte ich versuchen, ihn zu unterbieten, auch weil ich weiß, daß alles gut vorbereitet auf der Glasplatte des Waschbeckens liegt: Seife, Pinsel und neue Klinge im Apparat. Also keine Gefahr, etwas suchen zu müssen.

Auch das Ankleiden gehört zum Rennen gegen die Zeit, das ich an Tagen wie diesem veranstalte.

Bei dieser Gelegenheit möchte ich Rennen solcher Art vorschlagen, denn diese Sportart paßt ausgezeichnet in unser modernes, gehetztes Zeitalter.

Das ›Anzieh-Rennen‹ – wer kann's am schnellsten, würde viele anspornen, mitzumachen, nicht nur um Preise zu gewinnen, sondern auch zu lernen, Dinge schneller zu tun, die man bis jetzt in aller Gemütlichkeit ausgeführt hat.

Mein Rekord steht bei zwei Minuten, 47 Sekunden, alle Kleidungsstücke inbegriffen, vom Unterleibchen über die Krawatte zu den Schuhen, natürlich, wenn alles wohl vorbereitet ist.

Das alles durchdenke ich, während ich mich im Bett

suhle. Die übrigen Verrichtungen sind schon festge-setzt durch die gleichbleibenden Gewohnheiten in meiner Wohnung.

Wenn sie das Badewasser rinnen hört, zündet meine Frau das Gas unter der Kaffeemaschine an, damit, wenn ich fertig angezogen in den Salon komme, unse-re Hausgehilfin mit der rauchenden Espressomaschine aus der Küchentür tritt.

Für meinen persönlichen Gebrauch habe ich für die verschiedenen sportlichen Morgenrennen ein beson-deres Punktesystem ausgearbeitet.

Ich genehmige mir zwei Punkte, wenn ich den Rekord vom Vortag unterbiete, einen Punkt, wenn ich zehn Sekunden länger brauche, und keinen, wenn ich diese Grenze überschreite.

In der zweiten Septemberwoche habe ich für drei Rekorde sechs Punkte eingeheimst, aber das war ganz außergewöhnlich, wenn man bedenkt, daß ich beim Anziehen das Westezuknöpfen vergaß, auch die Kra-watte war nicht tadellos gebunden. Im Lift habe ich sie dann in Ordnung gebracht.

Ich beglückwünsche mich selbst zu diesen Rekor-den. Mit geschlossenen Augen gratuliere ich dem Sieger und feuere ihn an, neue Lorbeeren zu ernten, aber wenn ich die Augen aufmache und die Uhrzeiger sehe, stelle ich fest, das Zeitminimum längst über-schritten zu haben.

Ich springe aus dem Bett und stürze ins Bad. Die Kraftprobe, die letzten Rekorde zu unterbieten und sechs Punkte zu gewinnen, ist bei der ersten Disziplin, dem Waschen, leicht. Ich absolviere sie eher elastisch.

Ich bin nicht gar zu genau und mache die zwei Punkte, weil ich den Rekord auf eine Minute und vier Sekunden herunterdrücke.

Beim nächsten Rennen, ›Rasieren‹, verliere ich durch einen Unfall die zwei gewonnenen Punkte wieder. Ein tiefer Schnitt ins Kinn macht mir große Schwierigkeiten, auch weil ich nicht sofort das Nötige finde, um das rinnende Blut zu stillen. Ich presse ein Taschentuch an die Wunde, damit das Getröpfle aufhört. So kann ich wenigstens ohne Zögern zum dritten Punkt, dem Anziehen, übergehen. Trotzdem ich sehr achtgeben muß, daß kein Blut auf die Kleidung kommt, halte ich den Rekord unter Verzicht der ersten, gewonnenen Punkte. Ich schaffe es sogar, beim Krawattenbinden in die Schuhe zu schlüpfen, ohne den Schuhlöffel nehmen zu müssen. Schon hoffe ich auf Wiedergewinnung wenigstens eines der verlorenen zwei Punkte, als beim Zubinden das Schuhband des rechten Schuhes reißt.

Aus, adieu Punkt und Hoffnung, die verlorene Zeit einzuholen. Sie wissen ja, was passiert, wenn ein Schuhsenkel reißt. Ich ziehe den Schuh aus und muß mit dem ausgefransten Ende durch drei Löcher. Sie sind wie verklebt, also übergehe ich zwei und versuche wenigstens das obere einzufädeln.

Probieren Sie, ob Sie es schaffen.

Ich lasse es und rufe.

»Gibt es in diesem Haus vielleicht ein Paar Schuhbänder?« brülle ich.

»Nimm einfach eines aus einem anderen Paar heraus«, sagt meine Frau, »heute werde ich dran denken und ein paar kaufen.«

Ich versuche also aus einem anderen Paar Schuhe die Senkel herauszuziehen. Sie sind derart verknotet, daß ich sie nicht aufbringe. Wie bringt man es nur fertig, solche Knoten zu machen? frage ich mich und breche mir einige Nägel ab.

Nicht die Nerven verlieren!

»Gibt's wenigstens eine Schere in diesem Haushalt?« schreie ich.

»Hier hast du eine«, sagt meine Frau und kommt mit der Schere an. »Gib her!«

Es gelingt ihr doch tatsächlich, die alten Bänder herauszupuhlen und in meinen Schuh einzufädeln.

Beim Zubinden merke ich, daß der Senkel zu kurz ist. Ich muß also von dem alten ein Stück anknüpfen. Jetzt klappt es. Mit dem zugebundenen Schuh gehe ich in den Salon. Nach zwei Schritten geht der Knoten auf. Ich binde ihn wieder zu.

Die Zeit rennt, und ich bin schon spät dran.

Ich schlüpfe in die Jacke, knöpfe sie zu, ein Knopf bleibt mir in der Hand.

Im Salon zeige ich den Knopf meiner Frau.

»Gut, daß du den Knopf hast«, sagt sie, »steh einen Moment still, ich nähe ihn dir an.«

Sie nimmt Nadel und Faden. Unsere Virginia präsentiert mir die Tasse kochendheißen Kaffee.

Mit der Rechten halte ich das Taschentuch an den Rasierschnitt, mit der Linken nehme ich die Tasse und trinke.

Inzwischen näht meine Frau den Knopf an. Mit der Rechten zieht sie einen kilometerlangen Faden gegen meinen linken Arm. Ich verlagere ihn, um den Kaffee zu trinken, und meine Frau näht zwischen meinem Arm durch.

»Zum Donnerwetter«, sagt sie, »könntest du die Kaffeetasse nicht in die rechte Hand nehmen?«

Ich nehme also die Tasse in die rechte Hand, in der ich das blutige Taschentuch halte, denn die Wunde tropft immer noch. Ein kompliziertes Manöver: Ich darf den Kaffee nicht verschütten und muß mich nach den Bewegungen meiner Frau richten, die immer noch den Knopf annäht. Wie viele Arme sich nun gleichzeitig bewegen, kann ich nicht feststellen: ein Durcheinander von Kaffee, Knöpfen, Nadeln, blutbeschmierten Taschentüchern. Der Faden schlingt sich um meinen Arm und um den meiner Frau.

Meine Frau packt die Tasse, ich die Nadel. Kann man so einen Knopf annähen?

Und die Zeit vergeht, und alle Rennen habe ich verloren. Ich werde zu spät ins Büro kommen und kann nur noch versuchen, die Verspätung auf ein Minimum zu reduzieren.

In den Drahtverhau unserer Arme mischen sich nun noch die zwei meines Sohnes Ercole, der in einer Hand eine Füllfeder und in der anderen eine Hausaufgabe hält, die zu unterschreiben ist. »Papa, bitte unterschreibe, ich bin schon spät dran«, sagt er. »Wunderbar«, sage ich, »ich bin nämlich auch zu spät dran. Mußt du ausgerechnet mit dem Unterschreiben warten, bis du in die Schule gehst? Was für eine Arbeit ist es denn?«

»Mathematik.« Ich nehme die Mappe in die Hand, werfe mich in den Mantel.

»Heute mittag rechnen wir ab«, drohe ich.

»Schnell, Papa, nimm die Feder!«

Jetzt kann man die Arme nicht mehr zählen, sie verflechten sich, stoßen zusammen. Es ist aussichtslos, dieser Windmühle zu entkommen. Ich muß das Taschentuch lassen, um die Feder zu nehmen. Aber mit der Linken kann ich nicht unterschreiben. Ich stelle die Tasse ab, nehme mit der Linken das Heft und die Feder in die Rechte. Und das Taschentuch? Der Schnitt blutet immer noch.

Wessen Hand hält nun die Feder? Meine Frau hat die Kaffeetasse, ich trinke aus der Füllfeder, unterschreibe mit der Nadel und halte das Heft an die Wunde.

Nicht die Nerven verlieren.

Jeder nehme seine Arme an sich, und dann machen wir eine Sache nach der anderen.

Aber es ist spät, es pressiert.

Meine Tochter kommt an und verlangt Geld für die Straßenbahn.

Einen Moment! Wir brauchen noch Arme. Wie soll ich die Brieftasche aus der Gesäßtasche holen?

Ich unterschreibe also die Kaffeetasse, und meine Frau näht das Aufgabenheft an meine Jacke.

Geht doch alle miteinander zum Teufel! Ich muß ins Büro!

Ein Blutstropfen fällt auf das Heft, und meine Frau näht einen Schluck Kaffee an.

Und der Knopf?

»Hier, Ihre Mappe!« kommt Virginia angerannt.

Mit welcher Hand soll ich sie nehmen?

Und wer entwirrt den ganzen Knäuel?

»So kann man keinen Knopf annähen«, stellt meine Frau fest. Womit ich ihr recht geben muß, aber ich kann nicht Kaffee trinken, das Heft unterschreiben, meiner Tochter Geld geben, während meine Frau den Knopf annäht.

Virginia hält mir stur die Mappe hin.

Nur die Ruhe kann es machen. Einen Arm für dich, einen für mich, einen für dich, einen für mich. Hier die Tasse, dort das Taschentuch, hier die Füllfeder, dort das Matheheft, die Mappe, die Nadel, den Faden. Weg mit dem ganzen Chaos, den Knopf näht man ein anderesmal an. Ich drehe noch durch mit diesem Knopf, ich kann keinen Knopf mehr sehen!

Ich nehme die Mappe, ziehe den Mantel zum zweitenmal an und renne die Treppe hinunter.

Ich komme zu spät ins Büro, schuld daran ist die neue Zeit, wegen der wir alles schnell machen müssen, weil wir nie genug von ihr haben. Die Minuten sind kostbar, und wir müssen auch die Sekunden ausnützen, denn, was bleibt uns sonst noch?

Leicht gesagt: Eile mit Weile. Probieren Sie nur, heutzutage langsam zu gehen, und Sie können was erleben! Aber auch wenn Sie rennen, passiert Ihnen so allerlei. Wie soll man es also machen?

Daran denke ich, als ich zur Haltestelle der Straßenbahn renne. Ich habe ein paar Flecken auf der Hemdbrust. Wahrscheinlich Tinte, oder Kaffee, oder Blut. Oder auch Mathematik. Oder sonst was. Tintengeschmack im Mund.

Da ist die Straßenbahn schon an der Haltestelle. Wenn ich renne, schaff' ich's vielleicht.

Noch fünfzig Meter.

Ich renne.

Und jetzt geht der verdammte Knoten von dem verdammten Schuhband auf.

Die Türen der Straßenbahn schließen sich. Sie fährt ab. Ohne mich.

GEGENSÄTZE ZIEHEN SICH NICHT IMMER AN

Hier erfährt man, was herauskommt, wenn beide Teile recht haben wollen. Endergebnis: Der Hausherr droht mit Kündigung.

Sie haben sicher schon von Kämpfen zwischen wilden Tieren im Urwald gehört. Tiger gegen Löwen, Schlangen gegen Tiger und was es da so an Geschöpfen gibt, die sich nicht riechen können und so lange kämpfen, bis eines von ihnen das Fell läßt. Andere Tiere suchen das Weite, um nicht in diesen Kampf auf Leben und Tod hineingezogen zu werden. Man weiß ja, daß bei zwei Kämpfenden oft ein Dritter draufzahlt.

Wir alle haben in ferner Jugendzeit eine Menge dieser Geschichten verschlungen. Ähnliches können wir auch heute noch über moderne Urwaldexpeditionen lesen, aber diese Forschungsreisen sind jetzt spärlicher geworden, kann man konstatieren. Es gäbe ja noch vieles zu entdecken auf unserer Erde, aber nun ist man zu sehr mit der Erforschung von Dingen außerhalb unseres Planeten beschäftigt. Mit dem Himmel, den Satelliten, den Planeten und was noch allem. Alles andere ist unwichtig geworden, ad acta gelegt. Kein Urwald mehr, keine Erstbesteigung eines Sechstausenders. Nur die Satelliten zählen noch, alles andere ist kalter Kaffee. Diese Betrachtung hat überhaupt nichts mit dem zu tun, was ich erzählen will, aber man weiß ja, wie es geht, ein Argument kommt zufällig ins Feld, und schon verbeißt man sich hinein.

Kehren wir also zum Ausgangspunkt zurück.

In meinem Haus herrscht eine starke Sympathie für Katzen.

Um bei der Wahrheit zu bleiben, bei meiner Frau nicht. Adelaide mag überhaupt keine Tiere, sie hat keine Beziehung zu ihnen.

Und das hängt damit zusammen, daß Tiere sich nicht um glänzende Böden, Teppiche, Fauteuils oder Bettdecken kümmern.

Das ist der Grund, warum bei uns strengstes Hausverbot für Vierbeiner Gesetz ist. Ganz besonders für Katzen.

»Wenn eine Katze zur Tür hereinkäme«, sagt meine Frau, »würde sie beim Fenster wieder hinausfliegen.«

Und es klang, als ob sie es auch so meinte.

Bis eines Tages meine Tochter Caterina mit einer kleinen Katze ankam. Winzig, mager, verhungert, krank und . . . lieb, mit wunderschönen Augen und, nach Leerung der ersten Milchschüssel, von bezaubernder Grazie.

Meine Frau sie sehen, und alle Versprechungen und Drohungen wegen Fensterwürfen und so waren vergessen.

Sie schaute dem kleinen Ding in die Augen, und es kamen ihr die Tränen. Ich erinnere mich gut an diesen denkwürdigen Tag. Die Tür geht auf, Caterina kommt herein, nervös, verängstigt.

Ich frage sie, worüber oder warum sie Angst hat. Sie macht eine Tüte auf, die sie im Arm hält, und was schaut her aus? Ein Katzenschnäuzchen.

Mama kommt und sieht die Katze. Wie ich schon

sagte, kommen ihr die Tränen beim Anblick dieses winzigen verhungerten, hilflosen Geschöpfchens. Sie läuft um Milch, das Kleine trinkt gierig und verspritzt die Hälfte auf den Teppich.

Dann nimmt meine Frau es auf, hüllt es in einen wollenen Schal und legt es neben die Zentralheizung.

Diese Inkonsequenz kann ich nicht verzeihen. Ich erinnere meine Frau an alle Drohungen gegen Katzen, öffne ein Fenster und mache eine befehlende Hand-bewegung.

Das Tier hat auf vorprogrammierte Art zu ver-schwinden.

Sie weigert sich, nennt mich einen Sadisten, der kein Gefühl hat für verlassene und hungernde Geschöpfe.

Und gerade dieses Tierchen braucht Liebe, Pflege und Gesellschaft. Man kann es nicht sich selbst über-lassen, sie jedenfalls habe nicht das Herz dazu.

Schmutzig? Man wird es bürsten und ihm angewöh-nen, nichts schmutzig zu machen. Tiere lernen schnell, was sie tun dürfen und was nicht. Und das da, das Kleine, schaut recht intelligent aus.

Mir gefällt einfach diese Nachgiebigkeit nicht. Ich habe meiner Frau mehr Charakter zugetraut, und nun, vor ein Paar zugegeben schönen Katzenaugen ist ihr Charakter vom Winde verweht.

Das ganze Haus dreht sich nur mehr um die Katze.

Miez hier, Miez da, alle liebkosen sie, drücken sie an die Brust, lassen sie vom eigenen Teller essen und von morgens bis abends auf irgendeinem Schoß sitzen.

Miez ist der Boß. Man kann sich nicht hinsetzen, weil sie gerade auf diesem Stuhl schläft oder schnurrt.

Man muß achtgeben, ihr nicht auf den Schwanz zu treten. Dann muß man auch noch dieses oder sogar jenes tun oder lassen.

Was mich am meisten irritiert, ist die Tatsache, daß ich Katzen nicht mag und daß ich mir immer einen Hund gewünscht habe. Einen schönen Schäferhund, der furchterregend aussieht und dabei die Gutmütigkeit selbst ist.

Verdammt, ich bin einfach gerührt, wenn ich von Hunden lese, die sich nicht vom Grab ihres Herrn wegrühren oder sich zu Taten aufschwingen, zu denen Menschen gar nicht imstande wären.

Immer habe ich mir einen Hund gewünscht, aber keiner hat mir auch nur zugehört.

Auch für Hunde galt das allgemeine Tabu.

»Wenn ein Hund zur Tür hereinkommt«, sagte meine Frau, »fliegt er zum Fenster hinaus.«

Also, wie gehabt bei Katzen.

Nur, daß die Katze das Tabu zunichte gemacht hat. Sie ist zu einer wichtigen Familienangehörigen avanciert und auf beeindruckende Weise gewachsen. Langsam nimmt sie Tigerdimensionen einschließlich Charakter an, wenn sie ihre Krallen, scharf wie Rasierklingen, ausfährt.

Ist eine Katze im Haus aufgenommen worden, gilt das gleiche für einen Hund, denke ich wenigstens. Ich meditiere: Wenn meine Frau soviel Liebe für eine Katze aufbringt, kann sie eigentlich bei einem Hund nicht anders reagieren.

Es ist sinnlos, sie um Aufnahme eines Hundes ins Haus zu bitten, aber, ist er einmal da, kann ich nur

119

hoffen, daß er auch bleibt. Ich habe ja die Katzenschau miterlebt.

Lange überlege ich das Pro und Kontra. Zeigt sich meine Frau kontra Hund, werde ich sie fragen, warum sie dann pro Katze ist.

Alle haben wir das Recht, uns mit dem zu umgeben, was uns Freude macht. Gefällt Ihnen eine Katze, nun, ich mag einen Hund, und so sind wir beide zufrieden. Sie haben Ihre Katze, ich meinen Hund.

Die Zeit vergeht. Ich betrachte mir alle Hunde auf der Straße. Beobachte sie, welchen von ihnen ich möchte, welchen nicht. Manche finde ich zu klein, andere wieder zu häßlich, ein dritter gefiele mir. Ganz besonders mag ich Schäferhunde. Ein Freund besitzt einen und erzählt mir Wunderdinge von seiner außergewöhnlichen Intelligenz. Man möchte meinen, er sei das Familienoberhaupt und kümmere sich um den ganzen Haushalt. Er kann einfach alles, macht nie etwas schmutzig. Wenn er hinaus muß, macht er seine Leute auf diskreteste Weise aufmerksam, besonders wenn Gäste da sind. Er ist natürlich ein Rassehund.

Neulich wurde er mit einer Hundedame gleich vornehmer Abstammung verheiratet. Er machte mich mit dem Besitzer der werdenden Mutter bekannt, und ich ließ mich als Anwärter auf einen Welpen vormerken. Zu Hause sage ich nichts. Ich warte, bis der Hund etwas größer ist. Welpen sind schwer aufzuziehen.

Einige Monate vergehen. Der Hund ist geboren, gewachsen, immer noch ein Welpe, aber schon von imponierenden Ausmaßen. Schön ist er, wirklich schön.

Eines Tages erscheine ich mit dem Hund an der Leine. Unsere Haushaltshilfe Virginia macht auf und einen Satz nach hinten, daß ihre Kehrseite auf dem Marmorboden landet. Der Hund springt auf sie zu und beginnt ihr das Gesicht zu waschen.

»Er tut dir nichts«, beruhige ich sie. »Er ist ganz brav, er begrüßt dich nur.« Virginia schreit und schreit, die Türen öffnen sich. Der Hund saust los und auf meine Frau zu, die ebenfalls zu kreischen anfängt und in einen zum Glück neben ihr stehenden Sessel sinkt. Im Eßzimmer großer Krawall.

Ich stecke die Nase in dieses Zimmer. Ein Hunde- und Katzenkarussell dreht sich wie verrückt mit Fauchen und Bellen.

Theoretisch sind es nicht so viele, nur ein Hund und eine Katze, aber praktisch scheinen es mindestens zehn Hunde und fünfzehn Katzen. Sprachlos stehe ich unter der Tür.

Meine Frau ist blaß wie ein frischgewaschenes Leintuch und stützt sich, um nicht in Ohnmacht zu fallen, auf die Kredenz.

Nun kommen die Kinder.

Kleine Sendepause.

Die Katze, mit gesträubtem Fell, senkrecht stehendem Schweif und einem Buckel, groß wie ein Brückenpfeiler, hat sich auf das Buffet geflüchtet. Sie faucht.

Der Hund liegt am Boden, wedelt mit dem Schwanz und zeigt sein Prachtgebiß.

Die beiden schauen sich pausenlos in die Augen.

Von der Tür her lockt die Familie in den zärtlichsten Tönen: »Komm, Miez, komm!«

»Lupo, hierher, Lupo!«

»Miez, komm schon, armes Tier!«

»Lupo, komm zum Herrchen, Lupo!«

Nichts. Die beiden hören nicht und stieren sich unentwegt an, der eine knurrt, die andere faucht.

Mit einem Mal springt der Hund auf, die Katze streckt sich und flieht. Die Verfolgung geht weiter, und Hunde und Katzen vervielfältigen sich von neuem.

Wir müssen die Tür zumachen, und meine Frau fragt mich, was mich gebissen hat.

»Nichts«, antworte ich. »Nur, daß ich einen Hund wollte, und da ist er nun.«

»Aber im Haus ist eine Katze.«

»Ich mag keine Katzen.«

»Und ich mag keine Hunde.«

Wir fangen ernsthaft zu streiten an, als aus dem Eßzimmer Gepolter und Geklirre zu hören ist. Scherben?

Der Kampf scheint härter zu werden, obwohl ich nicht glaube, daß sie schon auf Tuch- respektive Fellfühlung gekommen sind. Der Hund jagt scheinbar die Katze, was mir nicht mißfällt. Das Gegenteil würde mich sehr ärgern.

Ruhe ist eingekehrt. Durch die Tür ist nichts mehr zu hören, weder Knurren noch Fauchen. Ich öffne einen Spalt.

Lupo liegt am Boden und leckt sich die Vorderpfoten. Von der Katze ist nichts zu sehen.

»Ich glaube, Lupo hat die Katze gefressen«, sage ich.

Caterina stößt einen Schrei aus und schaut ins Zimmer.

»Ich sehe sie nicht«, jammert sie.

Lupo hebt den Kopf. Ich schaue nach oben und sehe die Katze am Lüster hängen.

Scherben liegen am Boden und ein paar umgefallene Stühle.

Ich muß den Hund fangen. Ich nähere mich vorsichtig. Brav läßt er sich am Halsband nehmen und in die Kammer führen.

Meiner Frau gelingt es, die Katze trotz einiger Kratzer auf den Armen zu erwischen. Sie trägt sie in den Salon und schließt die Tür. Somit ist der Hund in der Kammer und die Katze im Salon. Was nun? Wir müssen das Problem lösen. Wer von den beiden darf dableiben? Entweder alle zwei oder keiner.

Ich schlage vor, wir sollten alles versuchen, die Tiere aneinander zu gewöhnen.

Ein Anruf des Hausbesitzers löst das Problem. Entweder beide weg oder die Kündigung.

Wir haben aber keinerlei Absicht, uns hinauswerfen zu lassen.

DER WELPE

Hier wird bewiesen, daß nicht der Mensch den Hund,
sondern der Hund den Menschen erzieht.

Meine letzte Geschichte handelte von Kämpfen um,
mit und zwischen Tieren, nicht den wilden im Urwald,
sondern von denen im eigenen Heim. Die Ursache war
ein geheimer Hausgenosse, ein Kätzchen und, aus
Opposition, ein großer Hund.

Nun, beide, die Katze und der Hund, mußten unser
Haus verlassen.

Aber damit haben bei uns Geschichten um Tiere
noch lange kein Ende.

Meine Tochter Caterina hatte schon immer eine
Schwäche für besonders kleine Tiere. Früher war sie
verrückt nach jungen Katzen, jetzt hat sie ihre Leidenschaft für schwarze Zwergpudel entdeckt.

Begegnet ihr ein solches Tier, bleibt sie stehen,
streichelt es, nimmt es in die Arme, küßt es, und das
alles auf der Straße, mit Zwergpudeln unbekannter
Besitzer, die noch dazu, statt sich dieses läppische
Getue energisch zu verbitten, frohlockend zusehen,
wenn meine Tochter den wildfremden Hund eines
wildfremden Menschen abknutscht.

Sieht sie in einer Tierhandlung winzig kleine Welpen ausgestellt, bleibt sie stundenlang vor der Auslage
stehen und kann sich hernach nicht erklären, wo die
Zeit geblieben ist.

Zu Hause erzählt sie von diesen Wundertieren und

flicht dann die tiefgründige Bemerkung ein, daß uns nur eines dieser bezaubernden Bestien fehlt, um unser Familienglück vollkommen zu machen.

Meine Frau schüttelt streng den Kopf und behauptet ihrerseits, daß man in einer Wohnung wie der unseren kein solches Tierchen halten könne. Es wäre eine Sklaverei, sagt sie, denn Hunde beschmutzen den Fußboden, machen alles kaputt und zernagen die Fauteuils.

Es käme nur darauf an, sie richtig zu erziehen, erwidert meine Tochter. Sie erzählt von Bekannten, die ein solches Tier besitzen, so intelligent und gut erzogen, daß es nichts, aber auch gar nichts schmutzig macht, und wenn es hinaus muß, stößt es mit der Schnauze an die Tür und geht ganz allein hinunter, sein Geschäftchen zu machen. Dann schläft der gute Hund die ganze Nacht in seinem Körbchen, und niemand wird gestört. Meine Frau schüttelt wieder den Kopf, diesmal ungläubig, und ich beginne zu überlegen, ob ein Hund im Haus wirklich ein so großes Unglück wäre. Dabei ziehe ich nicht einmal in Betracht, daß wir Menschen eine gewisse Macht über die Tiere haben, und wenn wir nur den festen Willen haben, gelingt es uns immer, sie zu unbedingtem Gehorsam zu erziehen. Nun muß ich Ihnen noch auf die Schnelle eine Idee auseinandersetzen, weiß aber nicht, ob ich mich richtig verständlich mache. Sie wissen recht gut, daß wir Männer hie und da eine Bestätigung unserer Autorität brauchen.

Zu Hause funktioniert das nicht immer. Unsere Kinder sind schon in dem gewissen Alter, und da gelingt unsere Autorität sowieso daneben. Wir glauben noch an unsere eiserne Faust, hauen mit ihr auf den Tisch, befehlen und drohen mit schrecklichen Repressalien.

Aber unsere Halbstarken tun gerade deshalb genau das, was sie wollen.

Die fixe Idee, wenigstens ein Wesen im Haus zu haben, das uns untertan ist, bestimmt uns dann, einen Welpen zu kaufen.

Als ich den endgültigen Entschluß gefaßt hatte, einen jungen Hund zu kaufen, gab ich der Familie bekannt, daß man das Tier mit liebevoller Strenge erziehen, notfalls mit ein paar Schlägen auf sein kleines Hinterteil nachhelfen müsse, um ihm beizubringen, sich wie ein gesittetes Wesen zu betragen.

Der Tierbändigerinstinkt kommt eben in jedem einmal zum Vorschein, dachte ich und erzähle Ihnen nun, wie sich das mit dem Gehorsam auswirkte.

Ich gehe also in eine Tierhandlung, finde einen wunderhübschen Zwergpudel, kaufe ihn und trage ihn heim. Als meine Tochter den sogenannten Hund erblickt, überschlägt sie sich vor Freude, nimmt ihn, drückt ihn an sich, küßt ihn, während meine Frau kopfschüttelnd zusieht und sich doch nicht ganz dem Charme des Tierchens entziehen kann.

Alle sind zufrieden, und in unserem Heim herrscht eitel Freude, aber das erste Stirnrunzeln meiner Frau erscheint synchron mit dem ersten Pfützchen auf dem hochglanzpolierten Boden des Korridors.

»Reg dich bitte nicht auf«, sage ich, »die erste Zeit muß man ein wenig Geduld haben. Der Hund ist ja noch so klein, und man muß ihm erst beibringen, wohin er gehen muß, seine kleinen Sachen zu machen.«

Meine Tochter putzt in Windeseile das Seechen auf, und ich lasse von Virginia eine kleine Kiste bringen und fülle sie mit Torfmull.

Ich nehme den Hund beim Genick, setze ihn in die Kiste und sage ihm, was er da drinnen machen muß. Ich verlange ja nicht, daß er mich sofort versteht; er ist erst drei Monate alt, man muß es ihm nach und nach beibringen, er wird's schon lernen.

»Ich verpflichte mich, ihn stubenrein zu kriegen. In drei Monaten ist er ein Musterhund.«

Der kleine Hund saust, kaum habe ich ihn losgelassen, aus der Kiste in den Korridor, wo er ein paar feste Sachen deponiert, die Caterina schnellstens verschwinden läßt, bevor meine Frau sie erspäht.

Nun richte ich ihm sein Körbchen, in dem er in der ersten Nacht schlafen soll.

»Man muß ihn von Anfang an daran gewöhnen, daß er im Körbchen schlafen muß«, sage ich. »Ihr werdet sehen, er tut's.«

Als wir zu Bett gehen, stelle ich den Hund in seinem Körbchen in die Abstellkammer, lösche schnell das Licht, laufe zur Tür und mache sie rasch hinter mir zu. Kaum bin ich draußen, fängt er an zu winseln, zu bellen, zu heulen, er gibt alle Laute von sich, die ein Hund zur Verfügung hat.

»Man muß hart bleiben«, sage ich. »Wir müssen so tun, als ob er gar nicht da wäre. Er wird sich schon eingewöhnen. Wenn er merkt, daß keiner kommt, wird er sich beruhigen.«

Wir gehen ins Bett, und keiner schließt auch nur ein Auge. Meine Tochter protestiert. Das arme Tier leidet schrecklich unter seiner Einsamkeit, und sie möchte es zu sich holen. Ich widersetze mich. Wir dürfen nicht nachgeben. Nur so kann man einen Hund erziehen. Der winselt weiter, die Töne zerreißen uns das Herz.

Ich stehe auf und gebe ihm zwei leichte Klapse auf sein Hinterteilchen, er winselt noch ein wenig und ist dann still.

Ich mache die Tür zu und gehe wieder ins Bett. Kaum liege ich, fängt er wieder an.

Meine Frau dreht sich um, zieht die Decke über den Kopf und brummt: »Wie soll man bei diesem Gejammer schlafen können!« Man kann wirklich nicht.

»Wir dürfen nicht nachgeben«, sage ich. Aber nach kurzer Zeit mischt sich in das Gejaule des Hundes das Klopfen der Mieter von unten, von oben, von nebenan.

Ich muß wieder heraus und dem Hund erlauben, sich hinzulegen, wo es ihm paßt. Er weiß es auch schon, hüpft zu Caterina ins Bett und rollt sich am Fußende zusammen.

»Für die erste Nacht mag's hingehen«, sage ich, »aber von morgen an wird er da schlafen, wo wir wollen, und nicht, wo er will.«

Am nächsten Abend die gleiche Komödie. Der Hund heult herzzerreißend, kratzt an der Tür, und ab und zu hören wir Geräusche von herunterfallenden Gegenständen. Läßt man ihn allein, besteht immer die Gefahr, daß er etwas anstellt.

Also muß ich meiner Tochter die Erlaubnis geben, ihn in ihr Zimmer mitzunehmen.

Solange er so klein ist, versteht er eben noch nichts. Er muß erst älter werden, daß er lernt, sich gesittet zu benehmen. Ist es bei uns nicht genauso?

Einen meiner Hausschuhe hat er so zernagt, daß ich ihm zwangsläufig auch den zweiten dedizieren mußte. Den verschmäht er. Er interessiert sich nur für neue Hausschuhe.

Nun latsche ich eben mit zweierlei Hausschuhen herum, bis er ins vernünftige Alter kommt und begreifen lernt, daß die Hausschuhe des Herrchens tabu sind. Er hat schon gelernt, ins Kistchen zu gehen, in das er seine Sachen machen soll. Verstreut den Torfmull überall, auf der Terrasse, in den Zimmern, im Korridor. Dort, wo der Boden am schönsten glänzt, entdeckt eines der Familienmitglieder häufig kleine Seechen, meistens im Salon oder im Schlafzimmer. Jedesmal wetzt einer von uns, die Spuren zu beseitigen, ehe meine Frau etwas entdeckt und den Hund zum Fenster hinauswirft, wie sie alle Augenblicke droht, es aber nie tut, auch weil der Hund sofort zum Gegenangriff übergeht und sie mit soviel Liebe anspringt, daß meine Frau ihn ganz gerührt liebkost und mit den zärtlichsten Kosenamen überschüttet.

Die Zeit vergeht, aber mein Gedanke, den Hund kraft meiner Autorität zu zähmen, ist immer noch wach. Man muß nur den richtigen Moment abwarten. Ich packe den Hund am Genick, stoße sein Schnäuzchen in das Pfützchen am Boden und gebe ihm eins hinten drauf.

Beim ersten Winseln stürzt meine Tochter mit Tränen in den Augen herbei und regt sich über meine brutale Erziehungsmethode auf. Meine Frau kommt schreckensbleich hinterher und verbietet mir, ein so kleines Tier zu schlagen, ich sei herzlos, grausam und überdies ein Sadist. Ich lasse den Hund los, der sofort von der ganzen Familie aufgenommen, liebkost, in die Arme geschlossen und geherzt wird. Sie behüten ihn vor meinem Sadismus und trösten ihn.

Ich verzichte, ihm beibringen zu wollen, wohin er seine kleinen und großen Sachen machen soll.

Die großen versteckt er weiterhin an den unmöglichsten Stellen in der ganzen Wohnung. Man muß sehr aufpassen, wo man hintritt. Kaum habe ich die Zeitung heimgebracht, zerreißt er sie in winzige Fetzchen, nicht einmal zum Lesen der Schlagzeilen läßt er mir Zeit.

Meine Pantoffeln sind verschwunden, und er hat mit verblüffender Schnelligkeit gelernt, die Strümpfe meiner Frau, meiner Tochter und der armen Virginia zu atomisieren.

Der Fußabstreifer vor der Wohnungstür wurde bis jetzt dreimal ausgewechselt. Sein Geschmack scheint mehr auf Hundenahrung ausgerichtet als auf das Abputzen schmutziger Schuhsohlen. Man müßte den Fußabstreiferfabrikanten einen diesbezüglichen Tip geben.

Der Hund schläft nach wie vor am Fußende des Bettes von Caterina, aber er könnte, wenn er wollte, ebensogut bei mir unter der Decke schlafen oder mit dem Kopf auf meinem Kissen. Keine Hoffnung mehr, ihm irgend etwas zu verbieten.

Er ist der Herr im Haus, und alle tun, was er will. Wir sind die Untertanen dieses Winzlings.

Nun, nach einigen Monaten, ist meine Hoffnung endgültig in Rauch aufgegangen, den Hund meine Autorität fühlen zu lassen. Auch meine Frau hat sich damit abgefunden, feste Sächelchen da und dort aufzuheben und kleine Pfützchen vom Parkett wegzutrocknen.

Nun frage ich Sie: Sind eigentlich wir diejenigen, welche Tiere zähmen, oder sind es die Tiere, die uns dressieren und uns zwingen, genau das zu tun, was *sie* wollen?

In unserem Fall bin ich absolut sicher, daß es so ist.

WEIHNACHTSGEHEIMNISSE

Die Geschenke gehen zur Tür hinaus und kommen beim Fenster wieder herein. Unmöglich, im trauten Familienkreis ein Geheimnis zu wahren, auch wenn es gar keines gibt.

Durch die feindlichen Linien sich in die Festung schleusen, die Bombe so verstecken, daß das Munitions- und Waffendepot in die Luft fliegt, das ist das Problem.

Nimmt man sich eine solche Heldentat vor, besteht immer die Gefahr, daß die Sache danebengeht, auch wenn man den Plan in allen Einzelheiten durchexerziert hat.

Eigentlich geht es gar nicht darum, irgend etwas in die Luft zu sprengen, aber eine gewisse Parallele zwischen den beiden Operationen besteht.

Der Feind besteht in meinem Fall aus meinen Kindern, die Festung ist unsere Wohnung, und das Sprengstoffpaket enthält die Weihnachtsgeschenke.

Probieren Sie mal, in der Vorweihnachtszeit ein größeres Paket in die Wohnung zu schaffen.

Man kommt nicht ungesehen durch, auch weil in diesen Tagen die Neugier direkt krankhafte Formen annimmt.

Ich erinnere mich, als die Kinder noch klein waren, daß ich mit meiner Frau einen Nichtangriffspakt schließen mußte, um die schwierige ›Operation Christkind‹ erfolgreich zu Ende zu bringen.

Wir warteten, bis die Kinder im Bett waren, um das

beim Portier deponierte Paket in die Wohnung zu schaffen.

Tiefe Dunkelheit herrschte. Meine Frau inspizierte auf dicksohligen Pantoffeln alle Räume. Dann öffnete sie mir erst die Tür, und ich schlich so leise als möglich herein.

Die Kinder litten in diesen Zeiten an einem ungewöhnlich leisen Schlaf. Das leiseste Geräusch weckte die beiden auf.

Nun mußte man unter den Weihnachtsbaum kriechen, die Pakete geräuschlos aufmachen. Meine Frau stand an der Tür Schmiere, um mir bei Gefahr ein vorher verabredetes Zeichen zu geben.

War die ›Operation Christkind‹ erfolgreich abgeschlossen, bewachten wir die feindliche Linie im Turnus, denn die Kinder durften die Geschenke erst zur vorgesehenen Stunde finden.

Viel Zeit ist inzwischen vergangen, die Kinder sind groß, und die Geschenke haben sich gewaltig geändert. Aber eine Tradition blieb erhalten: die der Überraschung.

Um die Weihnachtszeit wirklich erfreulich zu gestalten, müssen die Geheimnisse bis zum letzten Moment bewahrt werden. Aber die Kinder sind ganz schön schlau geworden und wollen unbedingt schon vorher wissen, was sie kriegen.

Deshalb wird auch heute noch vom 1. Dezember an die Bewachung der Festung immer sorgfältiger, je näher das Fest rückt. Ich kann nicht mehr unbeobachtet in die Wohnung kommen, meine Ankunft wird vom Fenster aus signalisiert.

Kaum sperre ich die Tür auf, ist schon irgendeiner in der Diele. Ich werde ›gefilzt‹, und auch nicht das kleinste Päckchen kann die Kontrolle passieren.

Auch mein Mantel wird, wenn er harmlos am Kleiderständer hängt, genauestens abgetastet. Ich glaube, sie trennen sogar das Futter auf und nähen es dann wieder zu. Ich bin allerdings nicht ganz sicher.

Selbst mein Hut wird examiniert.

Meine Mappe mit den Akten durch ein Sieb geschüttet.

Das Spionagesystem könnte nicht besser organisiert sein.

Natürlich weiß ich, daß ich überwacht werde, aber ich stelle mich dumm.

Die Tage enteilen, und ich muß das Problem lösen, weil ich Traditionen respektiere.

Das Vernünftigste wäre, mit den Paketen und Päckchen anzukommen und zu sagen: »Hier habt ihr eure Geschenke und fröhliche Weihnachten!«

Aber das wäre keine gute Lösung, sofort würden alle die Pakete aufreißen und sagen: »Ach, wie hübsch! Wie gut du meinen Geschmack erraten hast! Danke schön, Papa!«

Aber was hätte das, vor dem festgesetzten Tag, für einen Sinn? Der Weihnachtstag wäre wie jeder andere, ohne Überraschung und ohne die Freude, das Geschenk dann zum erstenmal zu sehen. Ich halte mich einfach an die alten Bräuche. Alle sollen glücklich und zufrieden sein, und deshalb muß ich das Problem lösen. Ich mache also Pläne über Pläne und glaube, endlich die Lösung mit Hilfe meines Freundes Giorgio gefunden zu haben. Meine Idee ist, die Pakete durch eines der Fenster zum Hof in die Wohnung zu bringen. Am Tag vor Weihnachten werde ich heimkommen wie gewöhnlich, mit einem Röllchen Spagat in der Tasche und sonst gar nichts. Ich schließe mich im Bad ein mit der Ausrede, mich rasieren zu müssen, lasse den Spagat durchs Fenster hinunter, mein Freund Giorgio bindet vom Aufgang zur Hintertreppe aus die Pakete daran und geht seiner Wege. Ich ziehe den ganzen Kram herauf und verstecke die Pakete auf einem Schrank.

Am nächsten Tag, als ich mit meinem ausgereiften Plan nach Hause komme, fällt mir ein seltsames Lächeln auf allen Gesichtern auf, eher ein zufriedenes Grinsen, das sie vergebens zu verbergen trachten. Ich verstehe nicht, was los ist. Meinen Plan können sie unmöglich erraten haben, eben erst ausgebrütet und noch nicht einmal Freund Giorgio mitgeteilt.

Ich passe auf wie ein Haftelmacher, um auf den Grund der allgemeinen Euphorie zu kommen.

Meine Frau blinzelt mir plötzlich zu, und da ich nicht weiß, warum, blinzle ich einfach zurück.

Meine Tochter Caterina ist aufmerksam und lieb wie selten, und mein Sohn kann nicht anders: Er muß mir einen Kuß geben?! Ich weiß nicht, was das alles soll. Nach dem Essen lese ich wie gewöhnlich die Zeitung, und meine Frau strickt. Die Kinder gehen in ein anderes Zimmer, und wir bleiben allein.

Meine Frau beugt sich zu mir und sagt:

»Donnerwetter! Wer weiß, was du dafür bezahlt hast!«

»Für was?« frage ich erstaunt.

»Für das Reisenecessaire«, sagt meine Frau.

»Was für eine Reisenecessaire?« frage ich und falle aus allen Wolken.

»Geh weiter«, sagt meine Frau, »stell dich nicht so dumm!«

Ich stelle mich nicht dumm, ich bin's wirklich, ich weiß nicht, was meine Frau meint, und bitte sie um Aufklärung.

Da mein Sohn hereinkommt, fängt sie wieder zu stricken an. Ich denke scharf nach und bin sicher, in letzter Zeit kein Reisenecessaire gekauft zu haben. Vielleicht will man mir zu verstehen geben, daß Caterina gern eines hätte?

»Taterata! Taterata!« trompetet mein Sohn und verschwindet im Korridor.

»Was ich nicht verstehen kann, ist die Trompete«, sagt meine Frau.

»Trompete?« frage ich.

»Ja, die Trompete«, gibt sie zurück.

»Eine richtige Blechtrompete?« frage ich wieder.

»Mein Gott!« sagt meine Frau und zuckt die Achseln. Ich vertiefe mich anscheinend wieder in meine Zeitung, denn unsere Hausgehilfin Virginia kommt vorbei, und man merkt, sie möchte gern wissen, über was wir reden.

Sie ist die Raffinierteste aus dem Familienspionagering. Mit ihrem außergewöhnlich feinen Gehör entgeht ihr nichts, auch wenn hinter dicksten Mauern geflüstert wird.

»Ercole ist doch schon erwachsen und weiß nicht,

was er mit einer Trompete anfangen soll«, fährt meine Frau fort, als Virginia verschwunden ist.

»Die möchte ich sehen«, sage ich.

»Wahrscheinlich ist sie für den Kleinen von Lucia, dem wir eigentlich ein Aufziehauto schenken wollten. Aber vielleicht hast du recht, daß ihm eine Trompete mehr Spaß macht.«

Ich bin immer noch der Unwissendsten einer.

»Der Atlas ist wirklich herrlich«, schwärmt meine Frau.

»Ercole ist richtig glücklich mit ihm. Wie gut du seinen Geschmack erraten hast. Ich glaube, er hat schon alle Küsten Australiens auswendig gelernt.«

Atlas und Australien ... es wird immer spannender.

»Hör zu«, sage ich, »ich will endlich klar und deutlich wissen, worum es eigentlich geht. Ich bin schon ganz wirr im Kopf.«

»Ich weiß, ich weiß«, antwortet meine Frau, »und du hast ja so recht, dich dumm zu stellen. Aber mit denen dort«, womit sie die Kinder meint, »ist nichts zu machen. Die sind mit allen Wassern gewaschen und kennen alle Tricks.«

»Ich will ja gar keine Tricks anwenden«, verteidige ich mich.

»Aber diese Tricks machen kolossalen Spaß«, sagt meine Frau. »Mich könntest du nun wirklich einweihen. Ich tratsche nicht, und Geheimnisse sind für mich tabu. Wenn auch nunmehr ...«

Ich will protestieren, aber nun kommen Ercole und Caterina herein.

»Heute ist ein Superprogramm im Fernsehen«, sagen sie, »gerade heute.«

»Caterina!« ruft meine Frau und springt auf, »könntest du nicht den Mund halten?«

»Reg dich wieder ab«, sagt mein Sohn, »wir wissen's ja doch.«

»Halt den Mund!« schreit meine Frau, »und verschwinde, ich habe nein gesagt, und dabei bleibt's. Verstanden?«

Die beiden verschwinden tatsächlich, und ich lege meine Zeitung weg.

»Was wollten sie denn mit dem Fernsehprogramm?« frage ich immer erstaunter. »Ich verstehe überhaupt nichts mehr.«

»Laß gut sein«, sagt meine Frau, »kümmere dich nicht um die Kinder. Ich kenne deine Intentionen und respektiere sie, auch wenn . . . darf ich es dir sagen, ich der Meinung bin, daß . . . nun ja . . . da heute schon so ein interessantes Programm ist und die Ausgabe nun einmal gemacht ist . . . du hättest es nicht tun sollen, ausgerechnet jetzt soviel Geld auszugeben, aber nun ist's schon passiert . . .«

»Kann ich endlich erfahren, was ich gemacht habe und was das Fernsehprogramm damit zu tun hat?« frage ich. »Möchtest du dich endlich klar äußern?«

»Eben«, sagt meine Frau, »da doch schon alles aufgekommen ist, verstehe ich nicht, warum du immer noch den Aus-den-Wolken-Gefallenen spielst. Du könntest dich endlich klar äußern, meinst du nicht?«

»Ich meine nicht«, antworte ich. »Wenn jemand klar reden muß, bist du es!«

»Es will einfach nicht in deinen Dickschädel, daß die Menschen heute viel schneller schalten als früher. Gewisse Dinge versteht man eben ohne große Erklärungen. Wir jedenfalls haben sofort begriffen, daß es sich um einen Trick von dir handelt, als Signor Spadoni mit den Paketen angekommen ist.«

»Signor Spadoni mit den Paketen?« frage ich.

»Und immer noch fällst du aus den Wolken!« seufzt meine Frau.

»Ich tue nicht so«, sage ich, »ich falle wirklich. Was für Pakete hat Signor Spadoni gebracht?«

»Nun, die Weihnachtspakete«, sagt meine Frau. »Die Geschenke für uns alle. Es war kein sehr cleverer Einfall, Signor Spadoni sagen zu lassen, es seien *seine* Weihnachtspakete, die wir für ihn aufheben sollten bis zum Fest.«

»Ah so«, beginne ich zu verstehen, »unser Nachbar hat also seine Geschenke zu uns gebracht?«

»Nein, deine«, korrigiert mich meine Frau. »Alles ist doch ein Trick. Man konnte es ihm vom Gesicht ablesen. Er ist kein guter Schauspieler, der Signor Spadoni, auch wenn er im Philharmonischen Verein mitspielt. Mit echter Verschwörermiene ist er vor der Tür gestanden und hat sich umgeschaut wie ein von der Polizei verfolgter Gangster. Er sagte, bei ihm zu Hause sollte niemand wissen, daß er die Geschenke schon gekauft hat, und ich solle sie doch bitte für ihn aufheben. Ich wollte sie sofort verstecken, aber Caterina hat den Trick sofort durchschaut, und als auch noch Ercole dazukam, haben wir uns überzeugt, daß alles von dir arrangiert war.«

»Ich habe verstanden«, sage ich.

»Es war auch nicht schwer«, sagt meine Frau, »du mußt doch gleich gemerkt haben, daß nur das passiert sein konnte.«

»Gar nichts konnte ich bemerkt haben«, antworte ich, »aus dem einfachen Grund, weil die Geschenke tatsächlich unserem Nachbarn gehören. Ich habe überhaupt nichts arrangiert.«

»Uff«, machte meine Frau, »also gut. Wie du willst, aber es ist sinnlos, nachdem wir doch alle wissen, was gespielt wird.«

Ich versuche ihr klarzumachen, daß nicht das gespielt wird, was *sie* glaubt. Sie meint immer noch, ich will die Fiktion vom Verstecken der Geschenke aufrechterhalten.

»Wo hast du sie versteckt?« frage ich.

»Im Schlafzimmerschrank«, sagt sie.

Ich gehe nachschauen und finde zwei Pakete. Eines riesengroß und eines etwas kleiner.

Ich mache sie auf, weil ich wissen will, was drinnen ist. Der Fernsehapparat macht mir besonderen Kummer, denn ich hatte nicht die leiseste Absicht, einen zu kaufen. Und jetzt freuen sich alle darauf, weil sie die Unglückspakete aufgemacht haben.

Alle sind glücklich über die Geschenke und ganz besonders über das Fernsehgerät. Soll ich den Kindern ihre Illusion zerstören? Ich wäre schrecklich traurig, wenn sie Weihnachten lauter andere Geschenke vorfinden würden und keinen Fernseher. Das wäre ein schlimmer Schlag für sie.

Darum beschließe ich, die gleichen Geschenke zu

kaufen. Auch den Fernseher, ich kann keinen Rückzieher mehr machen.

Vier Tage später ist der Apparat unseres Nachbarn
in Betrieb, in unserem Salon.

Ich höre ihn schon auf der Treppe, aber als ich die
Tür aufsperre, ist alles ruhig, und meine braven Kinder
sind mit ihren Hausaufgaben beschäftigt.

Am Weihnachtsabend spreche ich mit meinem
Freund Giorgio, und alles läuft ab wie projektiert. Nur
habe ich einen viel dickeren Spagat gekauft.

Als ich heimkomme, sehe ich nur böse Gesichter.

Meine Frau sagt, der Nachbar habe seine Pakete
abgeholt, und glaubt nun endlich, daß es kein Trick
von mir war.

Um so besser, dann funktioniert die Überraschung
doch noch. Ich ziehe die Pakete beim Fenster herein
und verstecke sie. Nachts stelle ich die Geschenke an
ihren Platz.

Und am Weihnachtsabend unterhalte ich mich wie
ein Schneekönig, als ich die Gesichter meiner Familie
sehe vor ihren Geschenken, die sie schon abgeschrie-
ben hatten.

WETTE ZU HAUSE!

Mit diesem Slogan will ich beweisen, daß man nicht zum Pferderennen zu gehen braucht, um Wetten abzuschließen.

Wenn es nur uns Männer gäbe, ginge alles drunter und drüber, zu Hause natürlich. Außerhalb unseres trauten Heimes nicht. Immerhin werden auch Sie schon bemerkt haben, daß die Männer außer Haus eine Menge nützlicher Dinge vollbringen, und ganz ohne ›drunter und drüber‹. Ich meine die alltäglichen Dinge, die wir tun und von denen sogar die Zeitungen berichten. Dinge, auf die wir Männer stolz sind, auch wenn ich mich vielleicht nicht ganz klar ausgedrückt habe.

Aber diese Geschichte betrifft häusliche Angelegenheiten. Die Frauen machen das alles viel besser als wir Männer, ich meine die häuslichen Dinge. Die Frau ist absolute Herrscherin im Haus, sie macht alles, weiß alles, bestimmt alles.

Ihr ganzes Hauswesen ist im Gehirn der Frau eingestanzt, bis zum letzten Staubkorn.

Sie weiß, daß man, um das oder das zu machen, etwas da und da hinstellen muß. Will man etwas aufmachen, braucht man das und das, sie weiß genau, wo die Kaffeemaschine steht, die Schuhbänder, die Manschettenknöpfe liegen – sie weiß einfach alles.

Findet man einmal etwas nicht, wo es der Frau nach sein soll, hat es eben jemand an einen anderen Platz verlegt, nicht verlegt, sondern geschmissen. Und wer weiß wohin, denn nur der Ehemann kann Sachen an die unmöglichsten Stellen verschludern.

Sie sagen zum Beispiel: »Wo sind meine Sommer-handschuhe, die für den Wagen?«

Und sie antwortet Ihnen: »In der zweiten Schubla-de deiner Kommode. Du brauchst gar nicht alles durcheinanderzuwerfen. Rechts unter der wollenen Unterhose ist ein rotes Halstuch und darunter die Handschuhe.«

Ich gehe in mein Zimmer und mache die zweite Schublade der Kommode auf. Rechts liegen ein paar Badehosen, ein Baumwollunterhemd und drei aus-rangierte Krawatten.

Nun beginnen die Diskussionen.

Weil ich unter die Badehosen geschaut habe und das Baumwollhemd, was falsch war. Ich hätte unter die Wollunterhosen und das rote Halstuch schauen sollen. Aber da diese nicht in der zweiten Schublade sind, hätte ich die Suche unterbrechen und eine neue Frage an meine Frau richten müssen. Jedenfalls ist es meine Schuld, denn ich habe alles durcheinanderge-schmissen. An einem gutgelaunten Nachmittag ha-ben wir also beschlossen, eine Art Familien-Totalisa-tor einzurichten, denn gerade das traute Heim eignet sich für Spiele dieser Art, und man braucht nicht erst auf den Rennplatz zu gehen, um seiner Leidenschaft zu frönen.

Man kann diese Sportart, ich sage absichtlich Sport, das Wort Spiel gefällt mir weniger, sehr gut in Fami-lienkreisen populär machen.

Eines Sonntagmorgens verlangt meine Tochter ihr gelbes Halstuch mit den grünen Tupfen.

Meine Frau sagt, sie wisse sehr gut, wo es sei, und sie habe nicht die Absicht, es ihr auch noch zu sagen.

Meine Tochter entgegnet, sie habe bereits nachgesehen, es sei aber nicht, wo es sein soll.

»Und wo hast du nachgeschaut?« fragt meine Frau.

»In der ersten Kommodenschublade.«

»Dann hast du nicht richtig gesucht, denn bis vor drei Tagen habe ich es dort gesehen«, sagt meine Frau.

»Es ist nicht dort«, sagt meine Tochter.

»Wetten wir, daß ich es finde, wenn ich nachschaue?« sagt meine Frau.

Aber niemand wettet, auch wenn meine Tochter sagt: »Wetten wir.«

Meine Frau geht an die Kommode und schaut nach. Sie findet das gelbe Halstuch mit den grünen Tupfen . . . nicht.

»Du bist eben eine Schlampine«, sagt meine Frau.

An diesem Punkt tritt mein Sohn Ercole auf, immer bereit, eine Situation zu seinem Vorteil auszunützen.

Wo kann das Tuch sein?

Hypothesen werden aufgestellt, eigentlich nur von meinem Sohn, darin ist er groß und weiß, worauf es ankommt.

Er bereitet eine Wett-Tabelle vor.

Den Schrank in Caterinas Zimmer bewertet er mit Zero, den Schrank im Elternzimmer mit 2, die Kommode der Hausgehilfin Virginia mit 4, die Truhe im Vorzimmer mit 6.

Das sind die offiziellen Quoten, die sich aber bei Beginn des Spieles ändern.

Da auch Onkel Gustavo und Tante Flaminia gerade bei uns sind, wird das Spiel recht anregend.

Onkel Gustavo bringt noch andere Möglichkeiten aufs Tapet, die Abstellkammer, die auf 10 klettert, während seine Frau die Möglichkeit ins Auge faßt, das Halstuch könnte in einem Koffer sein. Also: Koffer Quote 15. Jetzt mische ich mich ein.

»Und wie ist es mit dem Geschirrschrank in der Küche?«

Alle fangen zu lachen an.

Wie sollte das Halstuch in den Küchenschrank kommen?

»Ich stelle keine Fragen, warum und wieso«, sage ich, »wir machen ein Spiel, und ich frage, wie hoch der Küchenschrank quotiert.«

Mein Sohn stellt Berechnungen an, und da die Möglichkeit minimal ist, setzt er die Quote auf 30 fest.

»Ich spiele ihn, wenn du auf 50 erhöhst«, sage ich.

Er denkt nach und akzeptiert. Ich gebe ihm einen 100-Lire-Schein, er unterschreibt mir ein Ticket für 500.

»Wenn es da drin ist, bin ich ruiniert«, sagt er.

Dann setzen wir alle. Onkel Gustavo macht sieben oder acht Einsätze, nachdem er scharf nachgedacht hat.

Nun beginnt die Suchaktion.

Alle Schubladen werden ausgeräumt. Ercole wird nervös. Nichts. Noch haben wir drei Möglichkeiten, aber zu reduzierten Quoten. Die Truhe sinkt von 6 auf 3, die Abstellkammer auf 7 und die Koffer auf 10. Nur der Geschirrschrank steht bombenfest auf 50. Doch kaum wissen wir, daß das Halstuch weder in Virginias Kommode noch in der Truhe ist, setzt Onkel Gustavo 50 Lire auf den Geschirrschrank.

Ercole möchte die Quote auf 20 herunterdrücken, auch weil alle Onkel Gustavos Beispiel folgen wollen. Er möchte keine solche Riesensumme riskieren.

Onkel Gustavo kann die Quote auf 30 halten und spielt 200 Lire, Tante Flaminia geht mit.

Als wir vor dem Geschirrschrank stehen, sind die Nerven meines Sohnes zum Zerreißen gespannt, auch wenn es sicher scheint, daß das Halstuch nicht dort ist.

Trotz genauester Suche finden wir nichts.

Das Rennen war ein voller Erfolg für unseren Familienbuchmacher. Das Geheimnis des gelben Halstuches bleibt undurchdringlich. Meine Tochter hat resigniert. Als es nun ans Zahlen geht und meine Tochter ihre Handtasche aufmacht, leuchtet ihr etwas Gelb-Grünes entgegen.

Da ist es ja, das gute Stück, das wir gesucht haben wie die berühmte Nadel im Heuschober und . . . das meinem Sohn einen beachtlichen Profit gebracht hat!

STRATOSPHÄRENFLUG

Zur Sterngruppe der Fressalien.

Die Abenteuer von heute sind in nichts mehr die Abenteuer von früher, aus unserer Zeit. Wir träumten von Rothäuten, Cowboys, Goldsuchern in der endlosen Prärie, von Kämpfen gegen Indianer, Tigern und anderen Urwaldtieren.

Jetzt haben wir den Supermann, die Marsmenschen, die UFOs. In Weltraumschiffen fliegen wir auf künstliche Inseln im Weltall. Wir kämpfen mit Waffen, die erst jetzt erfunden wurden. Die Erde wird immer kleiner und überbevölkert. Wir brauchen neuen Platz im Universum, auf den anderen Planeten des Sonnensystems. Wir fliegen mit Überschall-und-ich-weiß-nicht-was-noch-für-Geschwindigkeiten. Mit der Fantasie rennen wir voraus, und in Wirklichkeit hinken wir hinterher.

Bei mir zu Hause tun wir alles, um uns den kommenden Lebensgewohnheiten anzupassen. Die modernen Maschinen behaupten sich siegreich, unsere Wohnungen sind voll davon.

Wer kann, wirft die Nippes weg mitsamt den Möbeln, auf denen sie standen, und gibt der Wohnung den ›new style‹. Wir nicht, wir bleiben unseren alten Gewohnheiten treu, wenn meine Frau auch ab und zu schüchterne Vorschläge macht wegen einer Geschirrspül- oder Waschmaschine oder sonstiger Apparate, um die Hausarbeit zu kürzen.

Aber eines Tages bietet sich uns ein außergewöhnliches Abenteuer, eine wirklich aufregende Reise.

Das Ehepaar Pertromba lädt uns zum Abendessen ein, und wir nehmen an. Es sind alte Freunde, stinkend reich geworden durch den Verkauf von ich weiß nicht was für welchen Waren.

Sie bewohnen im zwanzigsten Stockwerk eines Wolkenkratzers ein durch und durch modernes Heim.

Als wir ihre Wohnung betreten, haben wir das Gefühl, in eine andere, von der unsrigen ganz verschiedene Welt zu kommen. Alles ist in Weiß, ganz glatt und rein, mit Gemälden an den Wänden, die Fenstern gleichen zu einer seltsamen, bizarren Welt . . . Die Fenster, die wirklichen, sehen ins Leere. Um die Stadt unter uns zu sehen, muß man sich hinausbeugen. Tut man das nicht, hat man den Eindruck, in einem Weltraumschiff im All zu schweben. Da heroben ist es ganz still, die Straßengeräusche gelangen nicht bis ins zwanzigste Stockwerk.

Wir bestaunen die ganze Wohnung und machen den Besitzern viele Komplimente.

Dann lädt uns Signora Pertromba in die Küche ein.

Sie öffnet eine Tür, genau wie die eines Unterseebootes, nur ist sie weiß lackiert. Ehe man in die eigentliche Küche kommt, passiert man einen winzigen Raum, in dem uns die Dame bittet, weiße Kittelschürzen anzuziehen. Wir tun es und treten ein. Meine Frau ist überwältigt und fragt, ob das nun wirklich die Küche ist.

Unsere Gastgeberin lächelt und nickt. Auf einem drehbaren Hocker sehen wir eine weißgekleidete Gestalt mit einem Kopfhörer über den Ohren und einem Empfänger vor der Brust sitzen.

»Fertig, Battistina?« fragt die Dame.

»Fertig«, antwortet Battistina.

Signora Pertromba bittet uns, beim Fenster Platz zu nehmen, und wir schauen uns um. Ganz sicher befinden wir uns in einem Raumschiff, das im Begriff ist, zum Mars oder sonst einem Planeten zu starten. Die Wände sind weiß, mit einer Menge Schalter und Hebel, mit Knöpfen, Manometern, Uhren, Thermometern, Lämpchen und ähnlichem Zeug bestückt. Meine Frau schaut mich entsetzt an, und ich suche sie zu beruhigen, aber um bei der Wahrheit zu bleiben, recht wohl fühle ich mich auch nicht. Ich fürchte, daß man, drückt man auf einen dieser Knöpfe, ohne Pardon in den Weltraum geschleudert wird.

Ich schaue hinaus. Ein herrlicher Sonnenuntergang schmückt den Himmel. Rund und rot bestrahlt die Sonne die Ebenen unter uns. Vielleicht sind wir schon unterwegs, obwohl man nicht die leiseste Bewegung spürt. Die Frau des Hauses setzt sich ihrem Kopiloten gegenüber. Auch sie setzt sich einen Kopfhörer auf und befestigt den Empfänger an der Brust. Lächelnd schaut sie uns an. Ich denke an die Menschen von morgen, die mit dem gleichen Lächeln zum Mars starten werden. Menschen aus Stahl, schon mit der Idee dieses Abenteuers zur Welt gekommen.

Ich schaue meine Frau an, sie ist blaß.

»Es wird wohl nichts passieren?«

»Ich hoffe nicht«, beruhige ich sie. »Halte dich nur auf jeden Fall gut an dem Griff an.«

Meine Frau packt den Griff, und ich klammere mich an das Fensterbrett an.

»Fertig, Battistina«, sagt Signora Pertromba ins Mikrofon.

Wir hören es natürlich auch.

»Alles klar?«

»Alles klar, Signora.«

»Tiegel Nummer drei auf Flamme Nummer vier«, sagt die Dame. »Achtung auf den Thermostat, in fünf Minuten die Suppe wegnehmen.«

»Verstanden, fertig, Signora.«

»Fünf, vier, drei, zwei, eins, null – ab!« kommandiert die Frau des Hauses, dreht das Steuer, drückt auf zwei Knöpfe, ein rotes Lämpchen glüht auf und ein blaues flackert emsig. Am Manometer steigt langsam der Zeiger empor.

Wir hören ein leises Summen, sonst nichts. Meine Frau sitzt steif da, die Lippen zusammengepreßt. Ich gebe acht auf die Manöver des ersten Piloten und seines Assistenten.

»Temperatur 18, 20, 22, 24«, sagt Battistina und drückt auf ein paar Knöpfe, bedient einen Hebel, »35, 40, 45, 55.«

»Bei 100 nimm die Makkaroni weg«, sagt die Hausfrau und werkelt mit noch einem Hebel.

»Kontakt Bratrohr Nummer 6, Temperatur 42 Grad, Feuchtigkeit 70, 4 Atmosphären, 5, 6 . . . beginne mit der Operation Huhn.«

»Fertig, Battistina?«

»Hier Battistina, verstanden. Olivenölspritze im Rohr Nummer 3, fertig für die Kartoffeln.«

»Achtung, Achtung! Verlege Apfelkuchen in Rohr 2. Ich stelle Reservestrom an.«

»Hallo, Battistina, bitte um Angabe über Suppeneinlage. Verstanden?«

»Suppe heftig kochend, verringere Strom auf 98. Bitte Lagebericht über Rohr Nummer 6, fertig.«

»Rohrlage 6, 83 Grad, 84, 85. Huhnkondition ausgezeichnet. Stelle Fernseher an.«

Kurze, knappe Befehle, die beiden Frauen sind aufeinander eingearbeitet, sie machen keinen Fehler. Wir beruhigen uns, wenn auch nicht sehr. Jeder Satz macht uns Herzklopfen.

Mit immer noch fest geschlossenen Lippen sitzt meine Frau da. Ich schaue ab und zu aus dem Fenster. Die Sonne ist untergegangen, oder wir sind tatsächlich in Fahrt und haben sie aus den Augen verloren. Am Himmel erlischt langsam aller Glanz.

Wo sind wir jetzt?

Haben die Piloten Schwierigkeiten mit der Rückfahrt? Erreichen wir je wieder unseren Heimatplaneten?

Meine Frau tastet nach meiner Hand und drückt sie.

»Wir hätten im Salon bleiben sollen«, meint sie, »das hier ist zu aufregend.«

»Nur nicht die Nerven verlieren«, beruhige ich sie, »du wirst sehen . . . Ende gut, alles gut.«

Auf dem Monitor erscheint unscharf ein Huhn.

Nach und nach wird das Bild klarer.

»Hallo«, sagt Signora Pertromba, »Huhnbratkontrolle. Achtung auf die Spaghettiansage. Aus.«

»Verstanden«, sagt Battistina. »Habe Kontakt aufgenommen mit Rohr Nummer 2. Kartoffellage normal. Spaghetti knapp in Vorhand.«

Eine Glocke läutet, ein rotes Lämpchen glüht auf, ein Fach öffnet sich, ein rauchender Tiegel erscheint und bleibt auf einem kleinen Tischchen stehen.

»Operation Spaghetti beendet. Alles o. k.?«

»Ich kann die linke Hühnerkeule nicht ins Bild bringen«, sagt die Signora. »Sichtbare Oberfläche gut durchgebraten, versuche Kontrolle der Unterseite.«

Die Frau des Hauses manövriert mit Knöpfen und Hebeln, schüttelt den Kopf, scheint ärgerlich.

»Da muß was nicht stimmen«, flüstert meine Frau. »Ich habe gräßliche Angst.«

»Nur ruhig«, sage ich, »unsere Piloten sind Asse.«

Ich schaue wieder aus dem Fenster. Nun ist es ganz dunkel, die Sonne ist verschwunden. Ein leichter Nebel steigt auf, der uns bald zur Gänze einhüllen wird. Wir sind vom Rest der Welt abgeschnitten, im unendlichen All schwebend, zum Mond, zum Mars, wohin?

Nein, es ist der Hühnerstern, dem wir uns immer mehr nähern. Ich sehe ihn auf dem kleinen Bildschirm, einen seltsam geformten Stern. Die Einzelheiten seiner Oberfläche sind klar sichtbar. Kann sein, wir landen da, wo der Flügel angewachsen ist, oder etwas weiter nördlich. Ich teile das Huhn in Gedanken in Längen- und Breitengrade. Gegen Nordwest scheint es noch nicht ganz durchgebraten, doch in der Nähe des Äquators ist es knusprig braun. Die beste Landebahn, die man sich vorstellen kann, ist nach meinem Ermessen südlich des Flügels. Freilich, ob der Stern bewohnt ist, und wenn ja, was für seltsame Wesen dort leben mögen, bleibt abzuwarten. Wir werden uns bald anschnallen müssen, damit bei der Landung kein Malheur passiert.

Ich möchte diesbezüglich unsere Gastgeberin interpellieren, die uns ja in dieses Abenteuer hineinmanövriert hat, aber sie ist augenblicklich zu sehr beschäftigt. Man darf den Piloten nicht ablenken.

Feinnervig steuert sie. Blaue Lampen leuchten auf, das Huhn dreht sich um sich selbst, zeigt seine Unterseite. Kann aber auch sein, daß wir uns drehen auf der Suche nach einem Landeplatz.

»Wir sind bald da«, flüstere ich meiner Frau zu, um den Piloten nicht zu stören. »Riechst du den Duft des Brathühnchens?«

»Ich rieche es«, sagt meine Frau, »ich sehe aber auch, daß es immer größer wird.«

Das Huhn zeigt sich nun in Großaufnahme auf dem Bildschirm. Es dreht sich nun langsam und zeigt seine vollkommene Bräune von allen Seiten.

»Huhn ganz unter Kontrolle«, sagt Signora Pertromba, »auch Unterseite des linken Flügels kontrolliert. Alles in Ordnung. Achtung auf Temperatur, Druck, Feuchtigkeit.«

»Kontrolle ausgeführt«, sagt Battistina, »alles o. k. Gebe Öl und Salz dazu. Fertig.«

»Verstanden, danke.«

Jetzt sehe ich deutlich alle Details. Im letzten Augenblick müssen wir uns dem Huhn mit Atomgeschwindigkeit genähert haben. Wir überfliegen ganz langsam die Oberfläche. Wir streifen den linken Flügel, dann das Hinterteil, die Brust, den Halsansatz, dann den ganzen Hals.

»Schau«, sage ich zu meiner Frau, »nun kommen wir auf die andere Seite. Wie deutlich man alles sieht! Er scheint unbewohnt!«

»Hoffentlich!« seufzt sie.

Plötzlich erscheinen auf dem Bildschirm sich schnell bewegende Querstreifen. Ich glaube, wir setzen zur Landung an, und halte mich am Fensterbrett fest. Aber die gute Signora betätigt einige Schalter, und das Huhn erscheint wieder in alter Schärfe. Ein Erleichterungsseufzer entschlüpft mir.

Der Nebel ist bis zu unserer Kabine angestiegen. Wie können wir, bei dieser schlechten Sicht, überhaupt landen?

Wir müssen auf die Instrumente vertrauen. Eine Glocke läutet, erst leuchtet ein blaues Licht auf, dann ein rotes.

»Wir haben's geschafft!« ruft Signora Pertromba.

Sie stellt den Fernseher ab, nimmt Häubchen und Kopfhörer herunter und auch das Mikrofon. Glücklich lächelnd schaut sie uns an.

Auch wir stehen auf. Wir haben nicht den kleinsten Ruck verspürt, eine superweiche Landung auf dem Hühnerstern.

Wir drücken der Frau des Hauses die Hand und bedanken uns, daß sie uns so meisterlich nach dieser gefährlichen Reise in den Hafen bugsiert hat.

Sehr erleichtert verlassen wir die Kabine und setzen uns zu Tisch.

Beim Nachhausegehen sprechen wir immer noch von unserem aufregenden Flug.

»Mir reicht's«, sagt meine Frau, »das war meine erste und letzte Weltraumfahrt!«

Jeder Wunsch nach modernen Küchengeräten ist ihr vergangen. Zu Hause wärmen wir uns auf unserem bescheidenen Gasherd ein bißchen übriggebliebenen Kaffee.

HEYNE BÜCHER **HEITERES**

Humor und Herz in Romanen, Geschichten und Erzählungen, die echte Erholung und vergnügliche Entspannung garantieren

EVELYN SANDERS
Radau im Reihen-Haus
HEITERER ROMAN

01/6692 - DM 6,80

WILSON RAWLS
Eigentlich hätte es ein herrlicher Sommertag werden können, wenn da nicht morgens das Ding mit der Kuh Sally passiert wäre
HEITERER ROMAN

01/6685 - DM 5,80

DORIS JANNAUSCH Jungfrau sucht Löwen
Heiterer Roman

01/6736 - DM 6,80

Virginia Julier
Eigentlich hat bei uns immer noch einer Platz
Ein vergnüglicher Familien-Roman

01/6769 - DM 5,80

DORIS JANNAUSCH Mein lieber Schwan
ORIGINAL AUSGABE

01/6787 - DM 6,80

ROBERT CLIFFORD
Oh je, Herr Doktor!
Heiterer Roman

01/6752 - DM 5,80

CARLO MANZONI
Der Held vom Wasserhahn

01/6243 - DM 5,80

Hans Hellmut **KIRST Die seltsamen Menschen von Maulen**
Heitere Geschichten aus Ostpreußen

01/6774 - DM 5,80

HEYNE BÜCHER

HEITERE ROMANE

*Humor und Herz in Romanen,
die echte Erholung und vergnügliche
Entspannung garantieren.*

MARVIN H. ALBERT
Bettgeflüster
01/44 - DM 5,80
Eine zuviel im Bett
01/268 - DM 5,80

HANS G. BENTZ
Zwei Töchter auf Pump
01/487 - DM 5,80
Zwei Töchter und
drei Hunde
01/494 - DM 5,80
Gute Nacht, Jakob
01/508 - DM 5,80
Der Bund der Drei
01/557 - DM 5,80
Na so ein Esel
01/604 - DM 4,80
Alle lieben Peter
01/725 - DM 5,80
Zwei gegen fünf
01/950 - DM 5,80

HORST BIERNATH
Vater sein
dagegen sehr
01/59 - DM 5,80
Es bleibt natürlich
unter uns
01/128 - DM 5,80
Das war eine schöne
Reise
01/6130 - DM 5,80

NICOLE DE BURON
Ferien von Tisch
und Bett
01/6562 - DM 6,80

ROBERT CLIFFORD
Nicht doch, Herr Doktor
01/6314 - DM 5,80
Was nun, Herr Doktor!
01/6389 - DM 5,80
Ich bitte Sie,
Herr Doktor!
01/6573 - DM 5,80
Oh je, Herr Doktor!
01/6752 - DM 5,80

IRENE DIKKERS
Mama wird's schon
richten . . .
01/6808 - DM 6,80

FRANK GALLUS
Für 2 Groschen Glück
mit Schuß
01/6411 - DM 5,80

DOROTHY GILMAN
Mrs. Pollifax in China
01/6405 - DM 5,80
Mrs. Pollifax kommt wie
gerufen / Mrs. Pollifax
lebt gefährlich / Mrs.
Pollifax der Agenten-
schreck
3 Romane in einem Band
01/6485 - DM 8,80

DORIS JANNAUSCH
Mustergatte
abzugeben
01/6431 - DM 6,80
Champagner für Vier
01/6554 - DM 6,80
Geh zum Teufel,
mein Engel
01/6628 - DM 6,80
Jungfrau sucht Löwen
01/6736 - DM 6,80
Mein lieber Schwan
01/6787 - DM 6,80

VIRGINIA JULIER
Eigentlich hat bei
uns immer noch
einer Platz
01/6769 - DM 5,80

HEINZ G. KONSALIK
Bittersüßes 7. Jahr
01/5240 - DM 5,80
Der Gentleman
01/5796 - DM 6,80

CARLO MANZONI
Der tiefgekühlte
Mittelstürmer
01/5578 - DM 5,80

Das MG im Dekolleté
01/5640 - DM 5,80
Jetzt regnet's
Ohrfeigen
01/5756 - DM 5,80
Ein Schlag auf den
Schädel, und du bist
eine Schönheit
01/5824 - DM 4,80
Kein Whisky unter
Wasser
01/5914 - DM 4,80
Der Hund trug
keine Socken
01/5987 - DM 5,80
Die Lügengeschichten
01/6071 - DM 5,80
100mal Signor
Veneranda
01/6189 - DM 5,80
Der Held vom
Wasserhahn
01/6243 - DM 5,80

WILSON RAWLS
Eigentlich hätte es ein
herrlicher Sommertag
werden können, wenn
da nicht morgens das
Ding mit der Kuh Sally
passiert wäre
01/6685 - DM 5,80

EVELYN SANDERS
Radau im Reihenhaus
01/6692 - DM 6,80

SIGL CORBO/BARRAS
Arnie unser
kleiner Star
01/6782 - DM 6,80

Preisänderungen
vorbehalten.

**Wilhelm Heyne Verlag
München**